COLLECTED POEMS

赫贝特诗集

下

Zbigniew Herbert

[波兰] 兹比格涅夫·赫贝特 / 著

赵刚 / 译

南方出版传媒
花城出版社
中国·广州

图书在版编目（CIP）数据

赫贝特诗集：全2册／（波）兹比格涅夫·赫贝特著；赵刚译. -- 广州：花城出版社，2018.12
（蓝色东欧／高兴主编. 第4辑）
ISBN 978-7-5360-8662-3

Ⅰ.①赫… Ⅱ.①兹… ②赵… Ⅲ.①诗集－波兰－现代 Ⅳ.①I513.25

中国版本图书馆CIP数据核字(2018)第303580号

版权合同登记号：图字19-2013-179号
COLLECTED POEMS
Copyright © 2007, The Estate of Zbigniew Herbert
All rights reserved
First edition edited by Ryszard Kezynicki and published by Wydawnictwo a5

出 版 人：	詹秀敏
丛书策划：	朱燕玲　孙虹
出版统筹：	李倩倩　夏显夫　欧阳佳子
责任编辑：	李倩倩　胡百慧
技术编辑：	薛伟民　凌春梅
封面供图：	子夏
装帧设计：	棱角视觉 ANGULAR VISION

书　　名	赫贝特诗集 HE BEI TE SHI JI
出版发行	花城出版社 （广州市环市东路水荫路11号）
经　　销	全国新华书店
印　　刷	恒美印务（广州）有限公司 （广州南沙经济技术开发区环市大道南路334号）
开　　本	880毫米×1230毫米 32开
印　　张	28.25　4插页
字　　数	550,000字
版　　次	2018年12月第1版　2018年12月第1次印刷
定　　价	138.00元（全2册）

本书中文专有出版权归花城出版社独家所有，非经本社同意不得连载、摘编或复制。
如发现印装质量问题，请直接与印刷厂联系调换。
购书热线：020-37604658　37602954
欢迎登陆花城出版社网站：http://www.fcph.com.cn

赫贝特诗集
下

目 录
CONTENTS

科吉托先生
（1974）
419

科吉托先生在镜中观察自己的脸 / 421
关于科吉托先生的两条腿 / 423
关于父亲的遐思 / 425
母亲 / 427
姐姐 / 428
科吉托先生和珍珠 / 429
认同感 / 430
科吉托先生考虑回故乡 / 431
科吉托先生思考痛苦 / 433
科吉托先生的深渊 / 435
科吉托先生与纯洁思想 / 438
科吉托先生读报 / 440
科占托先生和思想运动 / 442
郊外的房屋 / 444
科吉托先生的疏离 / 446
科吉托先生观察去世的朋友 / 448
灵魂的日常 / 451
科吉托先生为妇女杂志写的晚秋诗 / 453
为把物体带出去 / 454
科吉托先生分辨人声与天籁 / 455
红杉 / 457

那些失败者 / 459

科吉托先生哀叹梦之渺小 / 460

科吉托先生和某个年龄的诗人 / 462

科吉托先生与流行音乐 / 467

科吉托先生关于魔法 / 470

科吉托先生在卢浮宫遇到"伟大母亲"塑像 / 474

米诺陶洛斯的故事 / 476

晚年的普罗米修斯 / 477

卡里古拉 / 478

血田 / 481

科吉托先生讲述对斯宾诺莎的诱惑 / 483

格奥尔格·海姆——几乎是形而上的奇遇 / 488

科吉托先生有时收到奇怪的信 / 492

科吉托先生对救赎的思考 / 495

科吉托先生求教 / 497

科吉托先生的游戏 / 500

科吉托先生怎么想地狱 / 506

科吉托先生论正直 / 507

科吉托先生的寄语 / 511

《来自围城的报告》及其他诗（1983）
515

我看见了什么 / 517

从楼梯顶部 / 519

科吉托先生的灵魂 / 523

哀歌 / 526

致河流 / 527

从前的大师们 / 528

旅行家科吉托先生的祈祷 / 531

科吉托先生——归来 / 534

科吉托先生与想象 / 538

悼念纳吉·拉什洛 / 542

致雷沙德·克雷尼茨基的信 / 544

科吉托先生与长寿 / 547

科吉托先生论美德 / 552

羞耻的梦 / 555

科吉托先生的末世预感 / 557

摇篮曲 / 562

照片 / 565

巴比伦 / 567

神奇的克劳狄 / 569

科吉托先生的怪兽 / 575

弑君者们 / 580

别名普洛克路斯忒斯的达玛斯蒂斯说 / 583

《远征记》 / 585

被抛弃者 / 587

贝多芬 / 592

科吉托先生思考鲜血 / 594

科吉托先生与玛利亚·拉斯普丁——尝试联系 / 599

审判 / 607

伊莎多拉·邓肯 / 610

使者 / 614

九月十七日 / 615

科吉托先生关于需要严谨 / 617

品位的力量 / 625

科吉托先生——来自死亡之屋的记录 / 627

来自围城的报告 / 634

离别的挽歌
(1990)

639

橡树 / 641

李维之变迁 / 643

猪笼草家族 / 647

黑刺李 / 649

为囚徒做的弥撒 / 652

小心脏 / 655

请求 / 658

科吉托先生关于徽章起源的思考 / 660

告别 / 662

风景 / 664

旅行 / 665

维特·斯特沃什：圣母玛利亚入眠 / 669

老人们的祈祷 / 670

科吉托先生的音乐奇缘 / 672

关于巴拉巴的猜想 / 680

车 / 682

雄狮之死 / 686

关于钉子的童话 / 691

钢笔、墨水和油灯离去的挽歌 / 693

罗维戈
（1992）

701

致亨利克·艾尔赞贝格百年诞辰 / 703

书 / 705

奥威尔的相册 / 707

生平 / 709

太平洋（三）/ 712

科黛小姐 / 714

我的祖先们的手 / 716

狼 / 717

扣子 / 719

费拉拉上空的云 / 721

讲经 / 726

亚当·扎加耶夫斯基的明信片 / 728

中欧 / 731

致彼得·武基吉奇 / 733

恐龙旅行 / 735

致耶胡达·阿米亥 / 738

羞耻 / 740

誓言 / 742

镜子在大路上游荡 / 744

霍达谢维奇 / 749

科吉托先生依题而作《朋友们离开》 / 752

科吉托先生的日历 / 759

阿喀琉斯·彭忒西勒亚 / 764

埃克塞基亚斯的黑色图案作品 / 765

致切斯瓦夫·米沃什 / 766

罗维戈 / 767

风暴尾声（1998） / 769

奶奶 / 771

圣礼祈祷（主啊，我要向您致谢） / 773

圣礼祈祷（主啊，请赋予我写出长句的才能） / 774

圣礼祈祷（主啊，请帮我们想出果实） / 775

圣礼祈祷（主啊，我知道我的日子屈指可数） / 776

达琳达 / 778

我曾许诺 / 781

戴安娜 / 783

两个预言家·试音 / 784

梦的语言 / 786

康德·最后的日子 / 789

结束 / 791

鲜花 / 792

纪念一位被杀害的男孩 / 793

最后的进攻·致米柯瓦伊 / 794

柱子 / 796

科吉托先生与小动物(.) / 797

科吉托先生·灵魂当前的地位 / 798

科吉托先生·艺术生命绵长 / 800

喜鹊 / 805

歌 / 808

头脑里有个念头 / 809

停在头脑里 / 812

抒情区域 / 814

象棋 / 815

电话 / 817

托马什 / 821

在城里 / 823

高堡 / 824

阿拉有只猫·为文盲辩护 / 828

阿尔图尔 / 830

我还能为您做什么 / 831

时间 / 833

科吉托先生·书法课 / 834

肚脐 / 837

时刻 / 838

衰老 / 839

一团糟 / 840

科吉托先生的冥界 / 843

世纪末的肖像画 / 845

柔情 / 846

头颅 / 847

织物 / 848

科吉托先生

(1974)

科吉托先生在镜中观察自己的脸

是谁写出了我们的脸
一定是天花用书法笔标出自己的"O"①
但我又是从谁那儿继承了双下巴
那该是个怎样的贪吃者
而我的整个灵魂一直都渴望苦修
为什么双眼距离如此之近
须知是他而不是我在茂密的灌木丛中
注视着维内蒂人②的入侵
一对过于招风的耳朵
皮肤构成的两个贝壳
这一定是史前老鼠的遗存
它曾用这对耳朵
捕捉猛犸象群穿过草原时隆隆作响的足音

前额较低,思想稀少
——女人、黄金、土地,别让人从马背上弄掉——

---

① 波兰语中"天花"一词第一个字母为O。
② 古罗马时期居住在波罗的海沿岸的古老民族。

王公替他们思考,风带他们漂泊
他们用手指撕扯墙壁,突然大叫着
落入虚无,只为回到我的内心

  而我曾在艺术展厅里
  购买粉扑、药水和药膏
  还有显示高贵的唇彩
  把大理石和葱绿色贴到眼睛上

我曾用莫扎特摩擦双耳
用旧书的芬芳完善鼻孔

镜前这张继承来的面孔
一个皮囊,陈年的肉正在里面发酵
中世纪的欲望与罪恶
旧石器时代的饥饿和惊恐

苹果掉落在苹果树旁
一个被带入物种循环的物体

  就这样我输掉了我与脸之间的竞赛

关于科吉托先生的两条腿

左腿很正常
可说是乐观开朗
只是有点儿短
还是少年模样
肌肉丰满
小腿很漂亮

右腿
真叫人遗憾
瘦得皮包骨
还有两处伤
一处在阿喀琉斯的踵上①
另一处椭圆形
淡粉色的疤痕
纪念一次可耻的逃亡

---

① 阿喀琉斯之踵,原指阿喀琉斯的脚跟,是其唯一没有被神水浸泡的地方,因而成为他唯一的弱点,后来在特洛伊战争中被帕里斯射中致死。现在一般是指致命的弱点。

左腿

总想起跳

天生爱舞蹈

它过于热爱生活

从不会悲观失望

右腿

僵硬得有些高贵

全不把危险放在心上

两条腿

就是这样

左腿

可以比作桑丘·潘沙①

右腿

跟那位迷乱的骑士一样

科吉托先生

走遍世界

微微地有些晃荡

---

① 西班牙作家塞万提斯名著《堂·吉诃德》中的人物,是堂·吉诃德的忠实侍从。

关于父亲的遐思

他恐怖的脸在云里在童年的水面上空
(他很少把我温暖的头捧在手中)
人们都说他从不原谅错误
因为他砍伐了森林,拉直了小路
在我们进入黑夜时,他高高举起火烛

我以为我会坐在他的右边
一起把光明从黑暗中分出
一起评判我们这些活着的人
——实际并非如此

旧货商用车运走了他的宝座
还有我们家的田产地契副本和地图

他再次降生时幼小而脆弱
一身透明肌肤,还有极少的软骨
他缩小了自己的身体,让我能够接受

在不重要的地方,有影子在石头下方

他在我内心生长
我们共尝失败
也发出共同的笑声
当人们说，要实现和解所需甚少

母 亲

从她膝头坠落,就像一团毛线。他在匆忙之中展开,盲目地逃开。她手里握着生命的起点。她把它缠在无名指上,就像一枚戒指,她想保护他。他有时沿着陡峭的斜坡滚落,有时又向高处登攀。等他回来时已经乱成一团,沉默无言。他再也无法回到她膝上那甜蜜的宝座。

伸出的双手在黑暗中闪闪发光,就像一座古城。

姐　姐

因为年龄差距不大，还有童年时的亲密
一起沐浴，蓬松头发和柔软皮肤的秘密
小科吉托发现——他可以当姐姐
（这如此简单，就像在桌边换座位
父母不在家时，奶奶什么都允许）
而她将拥有他的名字、弓箭、男式自行车和鼻子
幸好鼻子不尽相同，缺乏外在的相似性
这使他们避免了一场悲剧
一切结束于触摸，触摸没有展开
而年轻的科吉托留在了自己皮肤的边界里

怀疑的种子，对"个性原理"① 的质疑
于是深深埋下，在一个午后
十三岁的科吉托在军团大街上
看到一个马车夫
他深深感到那就是自己
以致长出了棕红色的胡须
而冰冷的鞭子灼伤了他的手

---

① 原文为拉丁文。

科吉托先生和珍珠

有时科吉托先生会不无感动地想起,自己年轻时对完美的追求,那是一种年少时"历经艰难终成大业"[①]的气概。比如有一次,他急着去上课,一颗小石子钻到他的鞋里,并且恶毒地待在了肉体和袜子之间。理智命令他摆脱这个入侵者,但"爱命运"[②]的原则却恰恰相反:忍受它。他选择了后者,一个英勇的方案。

起初看起来风平浪静,不过是有些恼人而已;但片刻之后,他的意识范畴里就出现了脚跟,而此时年轻的科吉托正艰难地捕捉教授的思想。教授正在展开柏拉图关于理念的定义。脚后跟在变大、肿胀、跳动,由粉白色变成落日般的嫣红,不仅是柏拉图的理念,其他所有理念也通通被从脑海里赶走。

夜晚上床睡觉前,他从袜子里倒出了那个外来物体。那只是一颗细小而冰冷的黄色沙砾。脚后跟却相反,此刻变得硕大、火热,疼得发黑。

---

①② 原文为拉丁文。

认同感

如果他有认同感,那大概是对石头
不太松软的、亮灰色的
有一千只燧石眼的砂岩
(这个比喻毫无意义,石头用皮肤观看)
如果他有深深的关联感,那就是和石头

这根本不是一成不变的思想
石头各种各样,在阳光里懒洋洋
像月亮一般摄取光芒
当暴风雨来临,像乌云一样变得灰暗
然后贪婪地畅饮雨水,而这与水的角斗
甜蜜的湮灭,与自然力的搏斗,各部分的碰撞
丧失自己的天性,醉醺醺的稳定
这些都既美丽又令人蒙羞

所以最终他在因雷电而干燥的空气中冷静下来
羞涩的汗水,爱之激情的飞舞云朵

科吉托先生考虑回故乡

假如我回到那里
肯定找不到
家的一点儿踪影
无论是童年的树木
带铁牌的十字架
我曾坐在上面小声咒骂的长椅
栗子和鲜血
或者任何我们共有的东西

幸存的一切
就是有个粉笔圈的
那块石板
我一只脚
站在中间
准备跳起

我无法长大
纵然岁月流逝
头顶呼啸着

行星和战争

我站在中间
像纪念碑一动不动
一只脚站立
准备跳向终极
粉笔圈变成暗红
就像陈旧的血迹
周围灰烬的小丘
正在长大
直至肩膀
直至嘴边

科吉托先生思考痛苦

所有远离
所谓的苦涩之杯的尝试——
通过反思
那只是有利于无家可归的猫的疯狂行动
通过深呼吸
通过宗教——
都无果而终

应该接受
驯顺地垂下头
不要折断双手
运用痛苦要温柔
就像使用假肢
没有虚伪的羞耻
但也不要傲慢

不要挥舞你的假肢
在别人的头顶
不要用白色的手杖
敲打知足者的窗户

应该喝苦涩草药的汤汁
但不要饮尽
小心地给未来
留下几口

接受
与此同时
如果可能
在内心将它分离
用痛苦的物质
创造事物或一个人

跟他
游戏
当然
游戏

跟他游戏
非常小心
像跟一个生病的孩子
最后用一些愚蠢的小把戏
逼迫出一个
淡淡的
笑意

科吉托先生的深渊

家里总是很安全

而每当清晨
科吉托先生出去散步
就在门槛之外
碰到——深渊

这不是帕斯卡的深渊①
不是陀思妥耶夫斯基的深渊②
这个深渊
为科吉托先生量身定制

深不可测的日子
令人恐怖的日子

它如影随形

---

① 帕斯卡认为，人始终处于两个深渊之间。
② 陀思妥耶夫斯基认为，人的灵魂是宇宙中最大的深渊。

等在面包房门前
科吉托先生在公园里读报
它就在他身后一起读

像湿疹般恼人
像狗一样黏人
它还太浅
还吞不下头颅和四肢

也许有一天
深渊会长大
会成熟
变得神态严峻

但愿能知道
它喝什么水
该用什么种子喂它

此刻
科吉托先生
本可捧起
几把沙子
将它填掉
但他没有这么做

因此
当他回到家
就把深渊
关在门外
用一块旧布
仔细地将它覆盖

科吉托先生与纯洁思想

科吉托先生
努力获得纯洁思想
至少在入睡之前

然而这努力本身
已经蕴含失败

所以当他抵达
思如止水的状态
广大而纯净的水面
在淡然处之的岸边

水面骤起微澜
波浪带来
铁皮罐
木头
还有不知何人的一缕头发

实话说,科吉托先生

并非纯洁无瑕
他无法将内心之眼
从信箱移开
鼻孔里有大海的气息
耳朵被蟋蟀弄得刺痒难耐
还始终感觉
一个不在身边的女人的手指
在肋下徘徊

他与众人一样平凡
思想被家具填满
手的皮肤在椅子扶手上
敏感的皱纹
在脸颊上

某一刻
以后的某一刻
当他冷却
将获得顿悟的状态

将一如大师们的建议
空明澄澈
让人感怀

科吉托先生读报

在头版上
是一百二十名士兵被杀的消息

战争迁延日久
已经习以为常

  旁边的一篇报道
  关于一宗离奇的谋杀案
  附有杀手的照片

  科吉托先生的目光
  无动于衷地滑过
  对比那些士兵的消息
  他更愿意深究
  日常生活中的惨剧

  一个三十岁的农业工人
  患上了精神抑郁症
  杀死了自己的妻子

还有两个孩子

报道十分详尽
包含凶案过程
尸体的位置
细节一一列举

一百二十个阵亡者
在地图上寻找亦是徒劳
距离太过遥远
像雨林般将他们遮蔽

无法激发想象
他们人数太多
末尾的那个零
让他们变得抽象

同情的算术
是个值得思考的问题

科吉托先生和思想运动

思想满脑子转悠
一句俗语这么说

这句俗语
高估了思想活动

它们中的人多数
静止不动
在枯燥的风景
灰色的山丘
枯死的树木中

有时会抵达
别人思想的湍急河流
站在岸边
单脚站立
宛如饥饿的白鹭

满怀伤感

追忆已经干涸的源头

它们原地转圈
寻找谷物

它们不走
因为难以抵达
它们不走
因为无处可走

它们坐在石头上
扭着双手

在阴云密布的
低垂的
颅骨的
天空下

郊外的房屋

在秋天没有阳光的午后,科吉托先生喜欢造访肮脏的郊外。没有比这更纯粹的感伤之源了。他说。

那些郊外的房屋,窗户都有着黑眼圈
房屋轻声咳嗽
墙灰不住打颤
房屋头发稀疏
整日病容满面

只有烟囱在梦想
骨感的抱怨
到达森林边缘
一大片水面的岸边

    我想给你们命名
    里面充满印度气息
    博斯普鲁斯的火焰
    还有瀑布的方言

郊外的房屋，太阳穴塌陷
咀嚼着面包皮
冰冷如瘫痪病人的梦一般
它们的楼梯是尘埃的棕榈树
一直在出售的房屋
各种不幸的旅店
它们从未去过剧院

郊外房屋的耗子
请把它们带到大海边
让它们坐在温暖的沙滩
欣赏回归线附近的夜晚
让海浪用暴风雨般的赞叹嘉奖它们
就如被浪费的生命所应得的那般

科吉托先生的疏离

科吉托先生用双肩
捧着一个温暖的头颅双耳瓶

身体其他部分都妥善隐藏
只有触觉能够看见

他仔细观察那颗沉睡的头颅
陌生而又充满敏感

再一次
他惊异地确认
在他之外有某个人
像石头一样
无法洞穿

拥有边界
但开放
只在一瞬间
然后就把大海

抛向陡峭的海岸

有自己的血
别人的梦
用自己的皮肤武装起来

科吉托先生
悄悄离开
那颗沉睡的头颅
为了不留下
指印
在脸上

他孤独地
离开
钻进被褥的石灰

科吉托先生观察去世的朋友

他呼吸沉重

危急状态应在午夜出现
现在是正午十二点
科吉托先生来到走廊上
点燃一根烟

此前他帮着整理了一下枕头
向朋友笑了笑

他呼吸沉重

他的手指
在被子上
动了动

当他回来时
朋友已不在
在那个位置上
躺着别的什么
歪斜着头

圆睁着双眸

　　一阵惯常的忙乱
　　医生跑过来
　　将针头刺入
　　针管里充满了
　　黑色的血

科吉托先生
又等了片刻
凝视着剩下的一切

空空的
像个口袋
慢慢收缩
越来越甚
被无形的蜱虫压迫
被另外的时间碾轧

假如他变成石头
变成沉重的大理石雕塑
冷漠而充满尊严
那将是怎样的解脱

他躺在一个狭窄的
破坏的海岬
被从树干上剥离

像虫茧般被抛弃

午餐
盘子叮当作响
呼唤上帝天使
天使们没有降临

奥义书①令人愉悦
当他的话
进入思想
思想进入呼吸
呼吸进入热度
热度进入至高的神明
那时已经
无法认识

所以他无法认识
他不可捉摸
带着一团朴素的秘密
在山谷的入口

---

① 古印度一类哲学文献的总称。

灵魂的日常

清晨
老鼠们在头上乱跑
在脑袋的地板上
散落着谈话的片段
长诗的碎片
这时
房间缪斯①走进来
系着蓝色的围裙
打扫地面

我的主人
时常高朋满座
比如以弗所的赫拉克利特②
或者是先知以赛亚③

今天无人按响门铃

---

① 希腊神话中主司艺术与科学的九位文艺女神的总称。
② 古希腊哲学家,爱菲斯学派的创始人。出生于以弗所一个贵族家庭。
③ 《圣经·旧约》中的人物,是《以赛亚书》的作者,生活在公元前8世纪。

主人走来走去,烦躁不安
他自言自语
撕碎无辜的纸片

晚上,他漫无目的地出了门

缪斯解开蓝色围裙
双肘撑在窗台上
伸长脖颈
等待
自己那个
长着红胡子的
宪兵

科吉托先生为妇女杂志写的晚秋诗

苹果坠落时节,树叶仍在顽抗
清晨雾气渐浓,空气日渐萧疏
最后几滴蜂蜜,枫树渐露初红
狐狸毙命田野,空间回荡枪声

苹果进入泥土,树干来到眼前
树叶关进木箱,木头开口搭言
此刻清楚听见,行星如何运转
一轮明月高升,请接受眼上白斑

为把物体带出去

　　为把物体带出它们王者般的沉默,或者需要诡计,或者需要杀戮。

　　背叛者的敲门声,融化冰封的门板,落在地板上的酒杯,像受伤的鸟儿叫喊,而被点燃的房屋说个不停,用火焰聒噪的语言,用被窒息的史诗诗人的语言。对此,床铺、箱子、窗帘一直沉默无语。

科吉托先生分辨人声与天籁

那些世界的演说不知疲倦

我可以把这一切从头重复一遍
拿着从鹅和荷马那里继承来的笔
拿着小型长矛
直面各种自然力

我可以把这一切从头重复一遍
手臂将败给高山
嗓子胜不过山泉
我喊不过沙粒
无法用比喻的唾液
把眼睛与星辰
与石头旁边的耳朵相连
我无法从种子的沉默中
带走寂静

而我收集了那么多词语排成一线
一条比所有掌纹更长的线

一条比命运更长的线
一条通向天外
不断绽放的线
如终极之线的勇气般笔直
但这也不过是地平线的一小段

花的惊雷、草的演讲、云的演说，都还在持续上演
树木合唱团低声吟唱，岩石平静地燃起火焰
大海熄灭落日，白天吞噬黑暗，而当风声渐息
新的光芒冉冉升起

　　而晨雾正举起岛屿的盾牌

红　杉

针叶林里的哥特式尖塔，傲立溪谷之中
不远处是塔玛佩斯山①，那里无论晨昏
雾气浓重，如大海的震怒和喧腾

在这片巨人保护区里，展示着大树的剖面、落日般的古铜色树干
树干的年轮极其规整，像水上的涟漪一圈一圈
一个狡猾的家伙，把人类历史的日期写入其间
距树心一英寸的地方，尼禄时代遥远的罗马正烈焰冲天
在一半的位置，爆发了黑斯廷斯之战②，维京船趁夜色启航
盎格鲁-撒克逊人惊恐万状，用圆规讲述的
倒霉的哈罗德之死
终于，在最靠近树皮的边缘，盟军登上了诺曼底海滩

这棵树的塔西佗是个测绘师，他不懂得形容词

---

① 位于美国加利福尼亚州的一座山峰。
② 1066年10月14日，英格兰国王哈罗德二世率领的盎格鲁-撒克逊军队与诺曼底公爵威廉一世的军队在黑斯廷斯地域进行的一场交战，被认为是欧洲中世纪盛期开始的标志。

不懂得表达恐惧的句式,不懂得任何词语
所以只是计算、添加岁月和世纪,仿佛想说
除去出生和死亡什么都不存在,只有生死而已
而红杉内部是血淋淋的糨糊

那些失败者

那些失败者,戴着脚铃舞蹈
戴着可笑的制服手铐和死鹰的羽毛
小广场上升腾起同情的尘土
电影里的冲锋枪平和而准确地射击

他们举起铁皮斧头,划出一条弯眉般的弧线,屠杀树叶和阴影
所以只有鼓声咚咚,提醒过去的自豪和愤怒

他们归还了历史,进入了展柜的懒惰
躺在玻璃下面的坟墓里,与忠诚的石头为伴

那些失败者——在圣菲的总督府旁出售
(狭长的单层建筑,烤得温热的礁石
整棵树做成的棕色立柱,屋顶探出的房梁上悬着尖锐的阴影)
出售项链、护身符,雨神和火神,希瓦神庙的模型
那模型有两根向上翘起的吸管作梯子,丰收在逐级而下

买个神吧,回声是廉价,沉默意味深长
这时,对伸向我们的那只来自新石器时代的手
还犹豫不决

科吉托先生哀叹梦之渺小

梦也在变小
  我们祖父母们的梦中队伍在哪里
当像鸟一样五彩缤纷,像鸟一样头脑简单的他们
踏上高高的皇家台阶,一千支枝形烛台照耀
如今只与拐杖形影不离的祖父
把银剑和不可爱的祖母挤到一边
而她如此谦恭
为他换上了初恋的面孔

  以赛亚
从香烟缭绕般的云朵里对他们讲话
  他们看到
像圣饼般脸色苍白的圣特蕾莎[①],提着真正的一篮木柴

他们惊骇万分,就像见到了鞑靼大军
而梦中的幸福像一阵黄金雨

[①] 特蕾莎是16世纪时西班牙的一个修女。她一生苦修,自认为能看到神迹,并写下自传。她死后,被罗马教廷钦点为圣女。

我的梦——门铃响起，我正在浴室刮脸，打开房门
查表员递给我一张煤气和电表的账单
我没有钱，回到盥洗室
思考着那个数字 63.50
　　我抬起眼睛，在镜中看到自己的脸
如此真切，我尖叫着惊醒

纵使梦见一次刽子手的红袍
或者王后的项链，我也会对梦满怀感激

科吉托先生和某个年龄的诗人

一

一位过气诗人
是个独特现象

二

他对镜自赏
打碎镜子

三

在一个月黑之夜
把出生证沉入黑色池塘

四

他窥探年轻人
模仿他们扭胯的模样

五

他主持一个

独立的托洛茨基派①的会议
劝他们去放火

六

他写信给
太阳系总裁
里面尽是隐私的坦白

七

某个年龄的诗人
在不确定的世纪中间

八

他不去种植
蝴蝶花和拟声词
而是播种刻薄的惊叹
咒骂和辩论

九

他轮流阅读《以赛亚书》和《资本论》
然后在狂热的讨论中
将引文混淆

---

① 即托洛茨基主义,主张工人阶级先锋的马克思主义理论。

十

一个朦胧季的诗人
在离去的厄洛斯①
与尚未从石头上起身的塔纳托斯②之间

十一

他吸食大麻
但既没看到
广阔无垠
也没看到
鲜花和瀑布
他看见戴兜帽的僧侣
正在巡游
擎着熄灭的火把
爬上峻峭的高山

十二

某个年龄的诗人
回忆温暖的童年
繁花似锦的青春
不太光彩的成年

---

① 希腊神话中掌管性爱的神。
② 希腊神话中的死神。

十三

他扮演
弗洛伊德
扮演
希望
扮演
红与黑
扮演
肉体
和骨骼
他扮演,他失败
虚伪的笑难以自制

十四

直到现在他才理解父亲
不能原谅
和一个演员私奔的姐姐
嫉妒弟弟
他俯身在母亲的照片上
试图劝她
再孕育一次

十五

那些不严肃的

发育期的梦
问答教义的神父
突起物
还有难以企及的雅佳①

十六

黎明时分
他注视自己的手
惊讶于皮肤
恍若树皮

十七

在年轻的蔚蓝背景上
有他血管的白色大树

---

① 波兰女孩名。

科吉托先生与流行音乐

一

在流行音乐会上
科吉托先生思考
噪音美学

想法本身
当然很诱人

成为神明
意味着雷霆万钧

或者不太神学地
吞掉自然力的语言

用地震
代替荷马
用岩浆

代替贺拉斯①

从内脏中取出
脏器中的内容
恐惧和饥饿

袒露
食道
袒露
呼吸道
袒露
欲望之道

用鲜红的喉咙
表演疯狂的情歌

二

麻烦在于
呐喊总是
与形式不同调
比跌宕起伏的嗓音
更加贫瘠

---

① 昆图斯·贺拉斯·弗拉库斯（公元前65—公元前8），罗马帝国奥古斯都统治时期著名的诗人、批评家、翻译家，代表作有《诗艺》等。

呐喊触及宁静
但是通过沙哑
而不是通过
描写宁静的意愿

由于发音的无力
呐喊显然一片黑暗

它放弃了幽默的慈悲
因为它不懂半音

它像利刃
刺入秘密
而不纠缠于
秘密
不了解秘密的外形

它表达来自自然保护区的
真实情感

它寻找失乐园
在秩序的新雨林里

它祈祷突然的死亡
这样的死将如愿而至

科吉托先生关于魔法

一

米尔恰·伊利亚德①言之有理
无论如何——我们是一个
高级社会

魔法和真知
前所未有地绽放

人造的天堂
人造的地狱
在街角贩卖

在阿姆斯特丹
发现了塑料刑具

---

① 米尔恰·伊利亚德(1907—1986),罗马尼亚宗教史学家和作家。

来自马萨诸塞①的少女
接受了血的洗礼

第七日焦虑症患者
站在起跑线上

第四维度将劫持他们
救护车鸣着嘶哑的笛声

通过电报大街②
成群的大胡子男人游过
在涅槃的甜蜜气息里

鸽子雅西③梦到
自己是个神
而神是虚无
他像一支羽毛
从埃菲尔铁塔上
飘飘而下

未成年的哲学家
萨德的学生

---

① 美国东北部的一个州。
② 原文为英文。
③ 波兰男孩名。

灵巧地剖开
孕妇的腹部
用鲜血在墙上描绘
毁灭的诗篇

再加上那些
被迫的和有些乏味的东方狂欢

二

财富从中滋生
各种工业部门
各种罪行门类

勤劳的小轮船起航
去寻找新的根脉

视觉淫乱的工程师们
工作时不知疲倦

精疲力尽的幻化炼金术士
正在生产
新的颤抖
新的颜色
新的呻吟

攻击性癫痫的艺术
正在诞生

时间流逝
教唆者头发花白
将会想到补偿

那时就会产生
新的监狱
新的避难所
新的墓地

然而这是一个
美好未来的愿景

魔法
暂时
还前所未有地
绽放

科吉托先生在卢浮宫遇到"伟大母亲"* 塑像

这个泥土烧制的小宇宙起源学
比手掌略大,来自彼奥提亚①
上面的脑袋像须弥山②
头发披散而下——那是大地上的江河
脖颈是天空,热度在脉动
不眠的星座
云朵的项链

   请为我们降下丰收的圣水
   绿叶从你的手指中长出
   我们生于泥土
   像朱鹭、蛇和青草
   我们希望被你掌握
   在自己有力的掌中

---

  * 伟大母亲——库伯勒,弗里吉亚所信仰的神,被称为"众神之母",或者"伟大母亲"。在卢浮宫(叙利馆第36号厅)有一尊来自希腊彼奥提亚地区的尺寸不大(14厘米)的库伯勒陶像。——原注
  ① 希腊中部的一个地区。
  ② 印度神话中世界中心的宝山。

在腹部,大地呈方形
在双重太阳的护卫下

  我们不想要其他的神,我们脆弱的房屋是空气造就
  只要有石头树木万物简单的名字就已足够
  小心地带领我们从一个夜晚到另一个夜晚
  然后在问题的门槛之前吹灭感官

展柜里被遗弃的母亲
正以吃惊的星星之眼注视

米诺陶洛斯的故事

在用尚未被解读的线性文字 A 记载的文献中，讲述了米诺陶洛斯王子的真实故事。与后来的谣言相反，他是地地道道的米诺斯国王和帕西法厄的儿子。小男孩儿出生时很健康，但是头却大得出奇——占卜师将此解读为：此子将来必定聪颖过人。实际上，米诺陶洛斯长大后是个孔武有力，但有些多愁善感的傻小子。国王决定将他交给祭司，但祭司们解释说，他们不能接受一个不正常的王子，因为这可能会贬损已经因轮子的发明而严重缩水的宗教权威。

因此，米诺斯国王召来了一个在希腊享有盛名的工程师代达罗斯——著名的建筑教育学方向的创始人。迷宫就此诞生。通过从最简单到越来越复杂的通道系统，借助分层差异和抽象的楼梯，他想引导米诺陶洛斯王子的思维方式。

不幸的王子被老师们在归纳和推论的通道里推来推去，用神志不清的眼睛看着壁画，但全然不懂。

当所有办法都已用尽之后，米诺斯国王决定放弃这个家族的耻辱。他请来一个（同样来自因能者众多而闻名的希腊）敏捷的杀手忒修斯。忒修斯杀死了米诺陶洛斯。在这一点上，神话与历史相符。

通过迷宫——一本已经无用的教科书——忒修斯带着米诺陶洛斯血淋淋的巨大头颅返回，那颗头颅大睁着双眼，眼睛里第一次有智慧开始萌芽——那通常是由经验赋予的。

晚年的普罗米修斯

他在写回忆录。试图解释英雄在必然性体系中的位置，协调彼此矛盾的存在概念与命运概念。

熊熊的火焰在壁炉里欢快地燃烧，妻子在厨房里忙碌——一个得意洋洋的姑娘，尽管无法给他生个儿子，却很高兴自己依然能够进入历史。她正在准备晚餐，本地牧师和药店老板会来赴宴，他们现在是普罗米修斯最亲近的朋友。

熊熊的火焰在壁炉里燃烧。墙上是一只填充的鹰和高加索暴君的感谢信。多亏了普罗米修斯的发明，他得以焚毁了叛乱的城市。

普罗米修斯轻声笑着。这是他现在对世界表达不满的唯一方式。

卡里古拉[*]

阅读古老的编年史、史诗和生平传记时,科吉托先生有时会感觉,似乎那些早已死去的人仍然存在。

卡里古拉说:

在所有的罗马公民中
我只爱过一个
骏马——音茨塔图斯①

当它走进元老院时
皮毛似完美无瑕的长袍
在那些佩紫怀黄却胆小如鼠的杀人犯中间

---

[*] 原名盖乌斯·尤利乌斯·恺撒·奥古斯都·日耳曼尼库斯(12—41),罗马帝国第三任皇帝,后世史学家常称其为卡里古拉。卡里古拉被认为是罗马帝国早期的典型暴君。他建立恐怖统治,神化王权,行事荒唐。由于他好大喜功,大肆兴建公共建筑,不断举行各式大型欢宴,以致帝国的财政急剧恶化。后来他企图增加赋税来减缓财务危机,引起各阶层不满,于公元41年被刺身亡。

① 卡里古拉的爱马,据说为了让音茨塔图斯在参加赛马比赛之前休息好,卡里古拉命人整夜看护,不能有丝毫噪声打扰。皇帝还让此马住在大理石建造的配有家具的房屋里,使用象牙制成的马槽,甚至想让它担任执政官。

闪着纯净的光芒

音茨塔图斯浑身优点
从不发表演讲
具有斯多葛派①的天性
我想，它一定通宵达旦在马厩里阅读哲学家的著作

我对它的爱如此炽烈
以致有一天我决定将它钉上十字架
但是它高贵的解剖学反对

它冷淡地接受了执政官的尊荣
执掌权力完美无缺
就是说它从未掌权

我未能成功地说服它
与我亲爱的夫人卡桑尼娅②保持持久的爱情关系
所以很遗憾未能诞生皇室血脉——人头马

罗马因此崩塌

我决定任命它为神

---

① 斯多葛哲学学派是来自塞浦路斯岛的芝诺（约公元前336—约公元前264）于公元前300年左右在雅典创立的学派。
② 卡里古拉的第四任也是末任妻子。

但在二月首日之前的第九天
卡西乌斯·卡瑞亚①和其他蠢货阻碍了这个虔诚的举动

它平静地接受了我的死讯

它被赶出宫殿,遭到放逐

它尊严地承受了这打击

它无后而终
被来自安吉奥的一个粗鲁的屠夫屠宰

关于它肉体的死后命运
塔西佗默不作声

---

① 皇帝近卫军大队长,于公元41年刺杀卡里古拉。

血　田[*]

祭司们有一个问题
源于伦理与算计的边界

犹大扔在他们脚前的银币
该怎么处理

金额被记入
支出一边
编年史家将其记在
传说一边

人们不同意
将这笔款计入意外收入栏
放入宝箱也很危险
其他银币会被感染

---

[*] 犹大出卖耶稣后，因后悔而自缢身亡。犹太大祭司用叛徒犹大出卖耶稣基督的钱，将他的自缢之地买下，埋葬了叛徒犹大。这块地被称为"血田"，后来作为安葬在耶路撒冷去世的外邦人的坟地。

用其购买神殿的供烛
或是分给穷人
都不太恰当

漫长的会议之后
他们决定买下铁锅广场
并在那里建立
朝觐者的坟场

似乎是把——
因死亡得来的钱
还给死亡

方法
很机智
所以为什么
此地的名字
千百年来一直呐喊
血田
血田
这是鲜血之田

科吉托先生讲述对斯宾诺莎*的诱惑

来自阿姆斯特丹的巴鲁赫·斯宾诺莎
渴望见上帝一面

他在阁楼里
打磨镜片
突然穿过窗帘
与他面对面

他长篇大论
(这样说话时
他的思想和灵魂
都不断拓宽)
他问题不断
都事关人的本性

---

* 巴鲁赫·德·斯宾诺莎(1632—1677),犹太裔荷兰籍哲学家,近代西方哲学公认的三大理性主义者之一,与笛卡尔和莱布尼茨齐名。

——心不在焉的上帝捋捋胡须

他问何为第一因

——上帝注视着无限

他问何为终极因

——上帝弯弯手指
清清嗓子

当斯宾诺莎沉默
上帝开口道

——你说得很漂亮,巴鲁赫
我喜欢你的几何式拉丁文
还有清晰的句法
工整的论辩

但让我们谈谈
那些真正
伟大的事

——看看你的手
伤痕累累、颤颤巍巍

——你在伤害自己的视力
在无边的黑暗之中

——你营养不良
衣着寒酸

——买所新房子
原谅那些单向玻璃①
总是重复表面

——宽恕头发里的花朵
醉酒的歌

——关心你的收入
就像你的同事笛卡尔

——处事圆滑些
就像伊拉斯谟②

——给路易十四
献一篇论文

---

① 指光线可以从一侧穿透，但从另一侧则被反射的玻璃。常用于审讯室。
② 德西德里乌斯·伊拉斯谟·鹿特丹姆斯（1466—1536），是中世纪尼德兰（今荷兰和比利时）著名的人文主义思想家和神学家，为北方文艺复兴的代表人物。

反正他不会读

——请平息
理性之怒
宝座将从它上面坠落
星辰也会昏暗

——想想吧
会给你生孩子的
女人

——巴鲁赫,你看
我们在谈论伟大之事

——我只想被
无知者和暴躁者热爱
唯有他们才是
真正渴求我的人

此刻窗帘落下
只剩斯宾诺莎一人

看不见金色云朵
高处的光芒

他看见黑暗

听见楼梯吱呀作响
逐级而下的脚步声

格奥尔格·海姆[*]——几乎是形而上的奇遇

一

如果图像超越思想
是真实的话
那么应该认为
海姆的思想
诞生于滑冰场

——在冰的表面
运动轻而易举

他时而这里时而那里
围绕着运动的中心旋转
他不是一颗行星
也不是一只时钟
更不是被束缚于犁的农夫

---

[*] 格奥尔格·海姆（1887—1912），德国诗人、小说家和戏剧家，表现主义代表人物。海姆生前只在1911年出版了一部诗集，即《永恒的一天》，1912年1月16日在柏林与朋友、诗人埃内斯特·尔克滑冰时落水而死。——原注

——运动的相对性
结构的镜面渗透

左岸距离较近
(加图①区的红屋顶)
正向后边逃去
就像被猛然扯动的桌布
而右岸
站在(表面上看)原处

——废除决定论
各种可能性奇迹般的共存

"我的伟大"
海姆自言自语
(此刻他抬起左腿
向后边退去)
在于发现了
在当代世界
没有因为结果导致的暴政
没有因果关系造成的专制

---

① 加图是柏林的一个区。

所有思想
行动
客体
现象
都彼此相邻
就像留在白色表层的
冰鞋印迹

对于理论物理
很重要的论断
对于诗歌理论
是危险的论断

二

那些站在右岸上的人
没有发现海姆的消失

那个与他擦身而过的初中生
看到的一切全都反转：

白色的毛衣
裤子用两枚骨扣
系在膝盖下面
小腿上套着橘色长袜
冰鞋，不幸的原因

两个警察
推开站在冰洞边
围观的人群

(那冰洞看起来像地下室的入口
像面具冰冷的嘴)

他们一边舔着铅笔
一边尝试记下这起事件
引入秩序
按照已经过时的
亚里士多德的逻辑
带着权力特有的
迟钝的冷漠
对待发现者
和他
正在冰层下面
无助游荡的
思想

科吉托先生有时收到奇怪的信

达姆施塔特①的艾美利亚女士
请求帮助
寻找自己的曾曾祖父
路易一世

他像其他许多人一样
死于战乱的
狂飙之中

人们
最后一次见到他
是在家族的庄园
在耶列尼亚古拉②附近

科吉托先生
清楚地记得
一九四四年
那个烈焰熊熊的严寒冬天

---

① 德国黑森州的三个行政区之一。
② 又译鹿山市,今波兰西南部城市,归下西里西亚省管辖。

曾曾祖父
职业是大公①
生活在
画框之中

他身穿军服
白色的裤子
站立在
亭子前面
右侧是
折断的立柱
背后是
狂风骤雨中阴暗的天空
还有地平线上的一丝光亮

科吉托先生
在思考
曾曾祖父之死
不带任何讽刺的阴影

他是否失去了
冰冷的血
当烈焰
已爬上窗台

---

① 原文为德文。

他是否曾呼喊
当他被拖过庭院

他是否曾双膝跪地
苦苦哀告
当他们瞄准了
他胸口的大星

科吉托先生
想象力
有限
像个卫生员
迷失于浓雾中

他看不到
那张脸
军服
白裤子

只看到
暴风骤雨中的阴暗天空
和地平线上的一线光亮

科吉托先生对救赎的思考

他不应把儿子派来

太多的人看到
儿子被钉穿的双手
他那凡人的皮肤

这被记录下来
为了用最糟糕的和解
让我们彼此和解

有太多的鼻孔
心满意足地吸入
他害怕的气息

不应下到
太低的地方
用血与人交好

他不应把儿子派来
在大理石云朵建造的巴洛克宫殿里
在令人畏惧的宝座上
手持死亡权杖
统御万方
岂不更好

科吉托先生求教

那么多书籍词典
厚厚的百科全书
但却无人可请教

太阳、月亮、星辰
都被研究遍了
只有我被遗落

我的灵魂
拒绝
知识的安慰

  因此它在黑夜漫游
  沿着父辈的道路

  这是

布拉茨拉夫①小城
在黑色的向日葵之中

这是一处我们遗弃的地方
这是一处仍在呐喊的地方

正值安息日
像以往的安息日一样
新的天空显现

——我在寻找你,拉比②

——他不在这里——
哈西德③教徒们说
——他在冥府的世界里

——他拥有一个美丽的死亡
哈西德教徒们说
——非常美丽

---

① 布拉茨拉夫的纳赫曼,著名的哈西德犹太教拉比,1772年出生于梅德日比日,1802年定居布拉茨拉夫,1808年前往利沃夫治病,之后从那里前往乌曼,1810年10月16日去世并被埋葬在那里。在他死后,其弟子于1815年出版了由其弟子记录并编辑而成的《寓言与传奇》。苏联时期在他的坟墓上建造了一座建筑,现在那里是世界各地哈西德犹太教信徒的朝圣之地。——原注
② 犹太人的一个特殊阶层,主要是有学问的智者、老师。
③ 哈西德教派是犹太教的一个分支。

就像从一个角落
走到另一个角落

他全身乌黑
手里握着
燃烧的托拉①

——我在寻找你,拉比

——你在怎样的天穹之外
隐藏了智慧的耳朵

——我心痛楚,拉比
——我疑惑重重

纳赫曼拉比
也许能给我教益
但如何能找到他
在这么多灰烬里

---

① 《圣经·旧约》中首五卷,又称《摩西五经》。犹太人视之为上帝的真义,"经典中的经典"。

科吉托先生的游戏

一

科吉托先生
热衷的游戏
是克鲁泡特金[①]游戏

克鲁泡特金游戏
优点很多

能解放历史想象
具有团结感
在室外举行
富于戏剧性的插曲
规则很高尚
独裁专制总是会输

[①] 彼得·克鲁泡特金（1842—1921），俄国革命家和地理学家，无政府主义的重要代表人物。

在想象力的大黑板上
科吉托先生摆放棋子

国王代表
在彼得保罗要塞①里的彼得·克鲁泡特金
象②代表三个放哨的士兵
高塔③代表救命的车

科吉托先生可以选择
众多角色

可以扮演
可爱的索菲亚·尼古拉耶夫娜④
她在手表外壳里
私藏逃跑计划

也可以做个小提琴手
在监狱对面

---

① 彼得保罗要塞是俄罗斯圣彼得堡一座昔日的城堡，由彼得大帝创建于 1703 年。1874 年，克鲁泡特金被沙俄政府逮捕，并关押在这座城堡里。但 1876 年克鲁泡特金成功地从城堡里逃脱，并前往英国。
② 国际象棋中的棋子"象"。
③ 国际象棋中的棋子"车"是高塔形状。
④ 索菲亚·尼古拉耶夫娜（1868—1927）是米哈乌·米哈伊沃维奇·罗曼诺夫（1861—1929）大公的妻子。二人因婚姻未获得父母和沙皇尼古拉二世的同意，因此私奔到国外。

特意租下的
灰色小屋里
演奏《后宫诱逃》①
自由大街代表什么

然而科吉托先生
最喜欢
俄瑞斯特·魏玛医生②的角色

在戏剧性的一刻
他在门边和一个士兵闲扯

——万尼业,你看到细菌了吗
——没看到
——它像个野兽在你皮肤上爬
——您在说什么呀,阁下
——它爬来爬去还有个尾巴
——大吗?

---

① 《后宫诱逃》是奥地利作曲家沃尔夫冈·阿马德乌斯·莫扎特创作的三幕歌剧。德语唱词由克里斯多夫·弗雷得里希·布里茨那创作,讲述了英雄贝尔蒙特在仆人佩德利奥的帮助下,前往土耳其塞利姆帕夏的后宫营救被海盗掳走的爱人康斯坦斯的故事。

② 俄瑞斯特·魏玛(1845—1885),彼得堡的著名医生,曾支持无政府主义者,参与组织了克鲁泡特金的逃亡行动。1879年4月3日被捕(在索洛维耶夫对亚历山大二世的刺杀事件之后),被判10年苦役,后在彼得保罗要塞里患上结核病,在卡尔去世。——原注

——有两三俄里

这时一顶裘皮帽子
落到那双羊眼上

克鲁泡特金游戏
已经在
火热地进行

国王——囚徒用几个长跳飞跑
与法兰绒睡袍挣扎一会儿
灰色小屋里的小提琴手
演奏着《后宫诱逃》
能听到"抓住"的叫喊声
俄瑞斯特医生在编造关于细菌的事
心跳
钉鞋走在石子路上
救命的车终于抵达
象们一动不动

科吉托先生
像孩子般高兴
他又赢了一局克鲁泡特金游戏

二

这么多年

已经这么多年
科吉托先生玩儿这游戏

但逃跑的主角
从未
将他吸引

不是因为厌恶
无政府主义者大公的
蓝色血液
也不是因为讨厌
互助理论①
并非因为懦弱
索菲亚·尼古拉耶夫娜
灰色小屋里的小提琴手
俄瑞斯特医生
也都有冒险精神

然而
科吉托先生与他们
几乎完全融为一体

如果需要的话

---

① 克鲁泡特金最著名的著作题目是《互助理论》。

他甚至可以成为
逃跑者马车上的马

科吉托先生
想做自由的中间人

抓住逃跑的绳索
偷送密信
传递讯号

相信心灵
相信出于好感的单纯反应

然而他不想
为那些大胡子男人
将在《自由》月刊里写的
关于微弱想象的文章
承担责任

他接受次要角色
不愿进驻历史

科吉托先生怎么想地狱

地狱最底层。与通常的看法相反,这里的居民既非暴君、弑母者,亦非贪婪好色之徒。这里是艺术家的庇护所,到处是镜子、乐器和画作。一眼望去,这是最舒适的地狱公寓,没有焦油、烈火,没有肉体酷刑。

这里常年举行竞赛、艺术节和音乐会。没有完整的演出季。完整意味着持续不停,近乎绝对。每个季度都会产生新的流派,看起来,什么也无力阻挡先锋派的胜利进军。

魔工热爱艺术。他夸耀说,他的合唱团、诗人和画家胜过天上那些人。谁拥有好的艺术,谁就拥有好的政府——这显而易见。不久他们将在"两个世界节"[1] 上一较高低。那时我们会看到,但丁、弗拉·安杰利科[2]和巴赫能留下些什么。

魔王支持艺术。他保证自己的艺术家们享有安宁、美食和与地狱生活的绝对隔绝。

---

[1] 指每年6月至7月间在意大利斯波莱托举办的国际艺术节,包括音乐、戏剧、舞蹈和美术。
[2] 弗拉·安杰利科(1387—1455),意大利佛罗伦萨画派画家。

科吉托先生论正直

一

在乌提卡①
公民们
不想抵抗

城中爆发了
但求自保的本能瘟疫

自由的庙堂
变成了旧货市场

元老院开会讨论
如何解散的问题

公民们
不想抵抗

---

① 古代迦太基的城市。

他们去参加速成班
学习双膝跪倒

被动等待敌人
撰写降书顺表
掩埋黄金

缝制崭新的
洁白无瑕的新旗
教孩子学会说谎

他们打开了城门
现在
沙柱穿门而入

此外一切如常
买卖和做爱

二

科吉托先生
想站在整件事的
高处

就是说
想直视

命运的眼睛

如小加图①
看《列传》

然而
他没有利剑
也没有机会
送家人到海外

因此他像别人一样等待
在无眠的房间里踱步

与斯多葛派的建议相反
他想有一个钻石做的身体
和一对羽翼

他透过窗户
看共和国的太阳
正在偏西

---

① 原名马尔库斯·波尔基乌斯·加图·乌地森西斯（公元前95—公元前46），是罗马共和国末期的政治家和演说家，斯多葛学派的追随者。他以传奇般的坚忍和固执而闻名，与盖乌斯·尤利乌斯·恺撒长期不和，他不受贿，诚实，厌恶当时普遍的政治腐败。

留给他的不多
实际上只有
姿态的选择

他将以何种姿态死去
选择手势
选择最后一个词

因此
他没有躺下
为了避免
在梦中被勒死

他想直到最终
站在整件事的高处

命运直视他的眼睛
看着他的头颅
曾经停留的地方

科吉托先生的寄语

请追随他们的足迹,去那黑暗的边际
寻找虚无的金羊毛,作你最后的奖励

请挺直身躯,尽管有人卑躬屈膝
有人背转身去,有人已化为灰烬

你存活下来,不仅为了生存
你的时间有限,应倍加珍惜

当理智让你失望,请鼓起勇气
在终极审判时,只有它值得一提

每当听到被侮辱和被践踏者的声音
你的愤怒虚弱无力,就让它如大海无边无际

让天生的傲骨,不要离你而去
还有对叛徒、刽子手和胆小鬼的鄙夷
他们若取胜,会在你的坟前轻舒一口气
而你,将只有寒蛩在写你的简历

不要原谅,以被出卖者的名义原谅
并非你的力量所及

但要小心,不要傲气
在镜中看看你小丑般的脸
告诉自己:你被选中并非别人都不如你

谨防心灵的麻木,热爱晨光中的小溪
无名的小鸟,冬天的橡树
墙上的阳光,天边的晨曦
它们不需要你温暖的呼吸
只是告诉你:无人能真的让你欢喜

当上天的光芒指示你——起来,走吧
只要你胸中还有黑暗作祟,你就要警惕

重复人类古老的诅咒、童话和传说
这样你能获得难以企及的善
重复那些伟大的话语,一刻不息
恰如那些最终葬身沙海的孤旅

而人们对你的奖赏也许不值一提
或是讥笑,或是鄙夷的抛弃

走吧，只有如此，你才能跻身那些逝者之列
你的先辈有：吉尔伽美什①、赫克托、罗兰
他们曾守卫化为灰烬的城市和帝国无边的疆域

去吧，你要忠诚

---

① 根据苏美尔王表，吉尔伽美什是卢加尔班达之子、乌鲁克第五任国王，统治期大约在公元前2600年。他是著名古代文学《吉尔伽美什史诗》的主角，被写成是女神宁松之子。在美索不达米亚神话中，吉尔伽美什是拥有超人力量的半神，建造城墙保护人民免受外来攻击。

《来自围城的报告》及其他诗
（1983）

献给卡夏

我看见了什么

致卡吉米日·莫查尔斯基①

我看见先知们,正抓扯贴上的胡须
我看到骗子们,加入自我鞭笞教派
披上羊皮的刽子手
正吹着短笛
从愤怒的人民面前逃离

我看见了,我看见了

> 我看见一个被施以酷刑的人
> 此刻得与家人平安团聚
> 讲着笑话,喝着汤
> 我看着他微张的嘴唇

---

① 卡吉米日·莫查尔斯基(1907—1975),波兰政治活动家,"二战"期间抵抗运动参与者。1942年至1944年在情报部工作,1944年至1945年是波兰国内军情报与宣传局的负责人,之后成为国内武装力量代表处负责人,在华沙起义中指挥"拉法乌"收发站的工作,1945年至1956年被波兰当局囚禁,1946年被判10年徒刑,1952年改判死刑,1956年得到平反。1977年他的作品《与刽子手的对话》出版,引起轰动。该书记述了作者与摧毁华沙犹太人隔离区的于尔根·施特鲁普之间的对话。作者有9个月时间被迫与后者在莫科托夫监狱中共住一间囚室。——原注

牙床——两根被剥去树皮的黑刺李枝条
那是难以言说的羞耻
我看见了完全的赤裸
整个羞辱过程

后来
学院
很多人和鲜花
很闷
有人喋喋不休地说着扭曲
我在想他那扭曲的嘴巴

这是无名氏戏剧的
最后一幕吗
像裹尸布一样平淡
充满压抑的哽咽
和那些人轻声的窃笑
他们轻舒一口气之后
心想终于又成功地
在打扫了所有死亡道具之后
慢慢地
升起

浸血的帷幕

1956

从楼梯顶部

当然
那些站在楼梯顶端的人
他们知道
他们全都知道

我们则不同
广场的清洁工
美好未来的人质
那些楼梯顶部的人
很少在我们面前露面
而且总是在嘴唇前竖起一根手指

我们很耐心
我们的妻子缝补周日的衬衫
我们讨论关于每天的口粮
关于足球、鞋子的价格
而每逢周六
我们就仰起头
然后一饮而尽

我们不是他们中的一员
那些握紧拳头
抖动锁链
述说、提问
劝说反抗
激动万分
不断地发言、提问的人

这是他们的童话——
我们扑向楼梯
一个冲锋就能夺取它
那些站在楼梯顶端的人的头颅
将沿着楼梯滚下
我们将最终得见
从那个高度能看到什么
怎样的未来
怎样的空阔

我们不想看到
头颅乱滚的景象
我们知道头颅多么容易重生
顶上总会留下
一个或者三个
而下边则因为扫帚和铁锹

变得黑压压一片

有时我们梦想
楼梯顶上那些人
会走下来
就是说靠近我们
当我们在报纸上面嚼着面包
而他们说

  ——现在让我们聊聊
  像人与人之间
  那些标语上喊叫的并非实情
  真理在我们紧闭的嘴中
  它过于残酷、过于沉重
  所以我们独自承受
  我们并不幸福
  我们宁愿
  留在这里

这当然是梦想
可能实现
或不实现
所以我们
将接着耕耘
我们的一方土地

我们的一方石头

带着轻盈的脑袋
香烟夹在耳后
没有一滴希望在心头

1956

科吉托先生的灵魂

从前
我们从故事里知道
当心脏停止跳动时
她便从身体里离去

带着最后的呼吸
她悄悄走远
去往天堂草地

  科吉托先生的灵魂
  表现与他人迥异

  她在活着时离开身体
  没有一句道别的话语

  常年玩耍在
  其他大陆
  在科吉托先生的身体疆域之外

很难得到她的地址
她也绝不透露半点信息

她避免各种联系
从不写书信

没人知道她何时回来
也许她永无归期

科吉托先生努力克服
低微的忌妒之情

他对灵魂满怀思念
情意绵绵

也许她还必须
在其他身体里小住

对于整个人类来说
灵魂数量绝对不足

科吉托先生接受了命运
他无计可施

他甚至努力地说

——我的灵魂是我的

他对灵魂满怀思念
情意绵绵

  所以当她
  意外出现
  他并未说出
  ——你回来真好

他只是从侧面注视
看她坐在镜前
梳理自己凌乱苍白的发辫

哀 歌

祭母亲

而此刻,棕色的树根云团在她头顶
鬓角上一朵纤细的盐百合,还有沙粒项链
她坐在船底航行,穿过泛着泡沫的星云

在离我们一英里远的地方,河流拐弯
她若隐若现,似浪花上的光斑
她真的并无不同——像所有人一样被离弃

致河流

河流呀!你这水的沙漏、永恒的比喻
我一次次进入你,变得愈加不同
我可以幻化为云、为鱼、为岩石
而你亘古不变,像一只大钟
测量躯体的变迁,灵魂的堕落
细胞缓慢的分解和爱情的始终

我生于泥土
愿做你的学生
认识本源和奥林匹亚的心灵
冰冷的火炬呀,低吟的石柱
我信仰的基石和绝望的支撑

请教会我,河流!如何持之以恒
让我在生命终结前的一刻,
能在始与终的神圣三角里
在大三角洲的阴影里安然入梦

从前的大师们

从前的大师们
惯于来去无名

麦当娜白皙的手指
就是他们的签名

或者海滨城市①的
粉色高塔

也可是幸福的、谦卑的②
生活场景

他们融化在
梦里③

---

① "海滨城市"是一幅画作的题目,该画保存在锡耶纳国立美术馆,作者是一位来自意大利锡耶纳地区的无名画家,创作时间应该是文艺复兴早期。之前人们认为这幅画是洛伦采蒂的作品。——原注
②③ 原文为意大利文。

奇迹里①
十字架里②

他们在天使的眼睑下
在云的山丘后面
在天堂浓密的草丛间
找到栖身之所

他们彻底沉没
在金色的天际
没有恐惧的叫喊
没有对记忆的呼唤

他们画作的表面
像镜子一样平整

这不是给我们的镜子
而是给那些被选中的人

  我呼唤你们，古老的大师
  在怀疑的沉重时刻

  请让骄傲的蛇鳞

---

①② 原文为意大利文。

从我身上脱落

让我对名望的诱惑
变得充耳不闻

我呼唤你们,从前的大师

《曼娜之雨》的画师
《刺绣的树木》的画师
《造访》的画师
《圣血》的画师

旅行家科吉托先生的祈祷

主啊

感谢你让世界如此美丽而又多姿多彩

也感谢你让我在你不竭的恩惠中游历不同于我往日受难之地

——午夜时分,我躺在塔奎尼亚①广场上的井边,摇曳的铜钟从高塔上宣告你的愤怒与宽恕

听克基拉岛②上的一头小毛驴,从它那难以理解的双肺音腔里,为我唱出对风景的感伤

在丑陋的曼彻斯特城,我发现了善良又聪慧的人们

大自然重复着它那智慧的同义反复:森林是森林,大海是大海,岩石是岩石

---

① 意大利城市。
② 即科孚岛。

星移斗转,按部就班——朱庇特遍及一切①

——宽恕吧——我只想到自己,当别人的命运残酷而无可逆转地盘旋在我身边,就像博韦②圣彼得教堂里的那个巨大的天文钟

宽恕我的懒惰和心不在焉,在迷宫和洞窟里又过于小心翼翼

还要宽恕我未能像拜伦勋爵那样为被压迫民族的幸福而战,而只是欣赏月挂东山和游览博物馆

——感谢你,那些为赞美你而作的作品,让我分享了一点你的秘密,让我十分骄傲地自认,杜乔③、范·艾克④、贝利尼⑤也是在为我作画

还有我从未全然理解的雅典卫城,耐心地向我展示它残缺的身躯

——我祈求你奖赏那位白发老人,在阳光炙烤的拉厄耳忒斯之子⑥出生的岛上,他主动将自家园中的鲜果相赠

---

① 原文为拉丁文。
② 法国北部城市。
③ 杜乔(约1260—约1318),意大利画家。
④ 杨·范·艾克(约1390—1441),尼德兰画家,15世纪尼德兰现实主义画派的代表人物之一。
⑤ 贝利尼(约1400—1470),意大利画家。
⑥ 指《荷马史诗》中的希腊英雄奥德修斯。

还有赫布里底群岛中马尔岛上的海伦姑娘,她按希腊人的方式接待我,并且让我在夜里,在朝向爱奥那岛方向的窗前,留一盏明灯,好让陆地上的灯光彼此致意

还有所有那些为我指路,并且说"这边走,先生"① 的人们

请你护佑斯波莱托城②的那位母亲,帕克西岛③的斯皮里宗④,还有来自柏林的那位善良的大学生,他曾助我摆脱困境,之后我们又在亚利桑那不期而遇,他还载我去了大峡谷,那里仿佛有十万座主教堂被倒立放置

——主啊,当太阳落入尚未被真实描绘的伊奥尼亚海,请你让我不再去想我那些粗鄙、灰色、愚蠢的迫害者

让我能理解其他人、其他语言、其他苦难

首先是让我变得谦卑,渴望探本求源

主啊,感谢你让世界如此美丽而又多姿多彩

若这是你的诱惑,那我愿永被诱惑,不求宽赦

---

① 原文为拉丁文。
② 意大利佩鲁贾大区的一个城市名。
③ 希腊岛屿。
④ 希腊人名。

科吉托先生——归来

一

科吉托先生
决定回去
回到祖国的
石头怀抱

决定很悲壮
他将为此后悔不迭

然而他不能再忍受
那些日常的招呼
——您一向可好①
——您好吗②
——您怎么样③

---

① 原文为法文。
② 原文为德文。
③ 原文为英文。

看似简单的问题
却要求复杂的答案

科吉托先生扯掉
客套而冷漠的绷带
不再相信进步
只在意自己的伤痕

炫耀富足
让他厌倦不已

他只倾注于
多利克式柱
圣克莱门特教堂
某位夫人的画像
还未来得及阅读的书
以及其他几件俗务

因此他回来

他已经看到
边境
犁过的田野
致命的射击塔
浓密的铁丝丛

无声的
大铁门
在身后缓缓关闭

而他已经
独自一人
置身于
所有不幸的
宝库之中

二

所以他为何归来
朋友们问
从那个更好的世界

他本可以留下
足以安身

把伤口交付给
化学去污剂

留在大型机场的
候机室里

所以他为何归来

——回到童年潺潺的流水
——回到彼此缠绕的树根
——回到记忆中的拥抱
——回到在时间烤架上燃烧殆尽的
手和脸

看似简单的问题
却要求复杂的答案

也许科吉托先生回来
就是为了给出答案

  回答恐惧的私语
  回答不可能的幸福
  回答突如其来的打击
  回答别有用心的问题

科吉托先生与想象

一

科吉托先生从不相信
想象力的伎俩

阿尔卑斯山顶的钢琴
为他演奏的音乐会荒腔走板

他从不欣赏迷宫
斯芬克司让他索然无味

他住的房了没有地下室
没有镜子和辩证法

纠缠不清的绘画密林
不是他的祖国

他很少凭借比喻的翅膀
飞上天空

然后像伊卡洛斯那样坠落
回到"伟大母亲"的怀抱

他尊崇同义反复
翻译是
用概念解释概念①

即飞鸟是飞鸟
奴役是奴役
刀子是刀子
死去是死去

他热爱
平坦的地平线
直线
大地的引力

二

科吉托先生将被归为
少数派②一类

他会坦然接受
未来文字研究者的判决

---

①② 原文为拉丁文。

他把想象力用到
全然不同的目的

他要把它
变成同情的工具

他渴望彻底理解

——帕斯卡的静夜之思
——钻石的本性
——先知们的感伤
——阿喀琉斯的愤怒
——屠夫们的疯狂
——玛丽·斯图亚特①的梦
——尼安德特人②的恐惧
——最后的阿兹特克人③的绝望
——尼采漫长的死亡

---

① 玛丽·斯图亚特（1542—1587），苏格兰女王。1567年王位遭废黜，次年起被英格兰女王伊丽莎白囚禁十八年之久。最后因谋杀伊丽莎白计划败露，被处死。

② 尼安德特人是现代欧洲人祖先的近亲，从12万年前开始，他们统治着整个欧洲、亚洲西部以及非洲北部，但在2.4万年前，这些古人类却消失了。

③ 北美洲南部墨西哥人数最多的一支印第安人。其中心在墨西哥的特诺奇，故又称墨西哥人或特诺奇人。

——拉斯科①画家的欢畅
——橡树的生长与凋零
——罗马的崛起与衰亡

因此让死者复生
坚守约定

科吉托先生的想象
做着钟摆运动

运转精确无误
从痛苦到痛苦

那里没有位置
留给诗歌的焰火

他想对不确定的明确
保持忠诚

---

① 法国南部,在当地岩洞中曾发现欧洲最早的壁画。

悼念纳吉·拉什洛[*]

罗曼娜①说您走了
人们通常这么说那些永远留下的人
我嫉妒您的大理石面孔

我们之间都是些简单的事情
没有任何信件、回忆和任何博眼球的东西
没有任何指坏、水罐
更没有女人们的哀恸
所以更容易相信突然的激动
相信您已经像阿提拉·约瑟夫②

---

* 纳吉·拉什洛（1925—1978），匈牙利诗人，与另一位匈牙利诗人山道尔·沃勒什一起将赫贝特的诗翻译成匈牙利语。罗曼娜·吉麦斯在写给巴尔巴拉·托伦赤克的信中回忆道，1978 年 1 月 28 日，拉什洛在去世前两天完成了《福丁布拉斯的哀歌》《地方总督的归来》和《成熟》等三首诗的翻译工作。随后，波兰出版了拉什洛的诗集《谁移动爱情》，译者为塔德乌什·诺瓦克和博赫丹·扎杜拉。——原注

① 罗曼娜·吉麦斯，匈牙利的波兰文学翻译家，翻译作品包括杨·波托茨基的《在萨拉格斯找到的回忆录》以及尤里安·斯特雷伊科夫斯基、雅罗斯瓦夫·伊瓦什凯维奇、汉娜·克拉尔、爱德华·斯塔胡拉等其他波兰作家的散文。她曾翻译了赫贝特的《花园里的野蛮人》和其他一些散文，以及两部戏剧。——原注

② 阿提拉·约瑟夫（1905—1937），匈牙利诗人。

密茨凯维奇、拜伦勋爵，这些美丽的鬼魂
总是如约而至

我孤独的触觉无法适应
对细节贪婪的爱要求牺牲品
我们还没用笑声填充死寂的房间
没把双肘支在簌簌作响的橡树桌上
没有共饮过葡萄酒，没有共同扭转命运
但要知道我们曾住在一起
在十字架与玫瑰花临终关怀中心

分割我们的空间就像一层裹尸布
夜晚的浓雾升起又降下
高贵的人们有着水和大地的面孔

我们接下来的共同生活
一定更加具有几何特征①——两条笔直的平行线
非地球的耐心和非人类的忠诚

---

① 原文为拉丁文。

致雷沙德·克雷尼茨基*的信

在这个疯狂时代的诗歌中
剩下的不会太多,雷沙德,真的不会太多
肯定有里尔克和艾略特
另外几个威严的萨满教巫师
他们知道咒语的秘密,那是能抵御时间流逝的有效形式
除了它们没有什么短语值得记住,而语言就像沙粒

我们的学校笔记本真是备受折磨
带着汗渍、泪渍和血渍
对于永远的校对者来说就像没有乐谱的歌词
高贵正直以至过于自然而然

我们过于轻信美丽不能挽救
而将思想浅薄的人从梦境带到梦境直至死亡
我们中没人能唤醒杨树精灵
阅读白云的字迹
因此独角兽无法沿着我们的足迹走过

---

* 雷沙德·克雷尼茨基(1943—),波兰诗人、翻译家。

我们无法复活孔雀玫瑰湾里的轮船
留给我们的只有赤裸
我们赤裸地站在三联圣龛①中较好的右侧
末日审判

我们把公共事务
与暴政和谎言的战斗以及伤痛记载
通通担在了瘦弱的肩头
然而对手——你会承认——都很卑微
因此是否值得将神圣的语言降格为喋喋不休
从论坛降低为报纸黑色的泡沫

快乐如此之少——我们诗句中的众神之女们,雷沙德
璀璨的黎明、明亮的镜子、升腾的花环太少
什么也没有,只有黑暗的赞美诗,小灵魂的口吃
骨灰罐在烧毁的花园里

  需要怎样的力量才能对抗命运
  历史的判决和人类的堕落
  在背叛的客西马尼花园②里低语——夜的静谧

  需要怎样的灵魂力量去击打

---

① 教堂圣龛,由中间一幅主画面和两侧的画面组成,两侧画面通常可以开合。
② 耶路撒冷的一个果园,根据《圣经·新约》和基督教传统,耶稣和他的门徒在最后的晚餐之后前往此处祷告。

盲目地用绝望打击绝望
直至打出光芒的火花，和解的口号

为了舞蹈的圆圈在浓密的草地上永远持续
孩子的出生和每一个开始都得到庆祝
空气、泥土、火焰和清水的馈赠

我不知道——亲爱的——因此
我趁夜给你寄去这些猫头鹰的谜题
真诚地拥抱你

      我的影子向你致意

科吉托先生与长寿

一

科吉托先生
值得为自己感到自豪

他超越了许多动物的
生命极限

  当辛勤的蜜蜂
  已经永远安息
  还在吃奶的科吉托
  自我感觉正出奇的好

  当可怕的死亡
  夺走了家鼠的性命
  他已安然度过了百日咳
  发现了语言和火的奥妙

  如果相信

鸟类神学家
经历过地球上的
十个寒暑
燕子已经
魂归天国

而此时此刻
科吉托少爷
正上小学四年级
运气时好时坏
开始对女性感兴趣

然后
他打赢了第二次世界大战
(可疑的胜利)
几乎与此同时
小羊正前往瓦尔哈拉宫①

他做了几件惊人的事
对抗过几个独裁暴君
五十岁时渡过了卢比孔河②
浑身浴血
但还活着

---

① 北欧神话中的亡灵宫殿。
② 卢比孔河是意大利北部的一条河流。"渡过卢比孔河"意为"破釜沉舟"。

他战胜了
鲤鱼
鳄鱼
螃蟹

现在处于鳗鱼
的生命终点
和大象
的生命终点之间

到这里
坦率地说
科吉托先生的雄心
正慢慢消退

二

与大象共用棺椁
他毫不介意

他并不渴望像鹦鹉
或是大西洋庸鲽①般

---

① 又称大比目鱼,凶猛的海鱼,眼睛长在身体右侧,主要生活在北冰洋水域,雌性在30岁时体长可以达到近2米,雄性体长约1.5米。有些材料说它们可以活到差不多90岁。——原注

长寿无期

还有
天空下翱翔的雄鹰
身着铠甲的乌龟
愚蠢的天鹅

科吉托先生想
歌唱流逝之美
直到终极

因此他不喝蜂王浆
不饮长生药
不和靡菲斯特①定约

他像个辛勤的园丁
种植自己脸上的皱纹

谦卑地接受
血管里的钙化沉积

记忆中的空白让他欣喜

---

① 歌德作品《浮士德》中魔鬼的名字，在作品中，浮士德必须将自己的灵魂抵押给魔鬼，只要一停止对生命的追求便是死期来临。

他已备受记忆的折磨

从童年开始
长生不死
就把他固定在
恐惧的状态里

神明有什么值得妒忌?

　　　——是天上通风畅快
　　　——是比较松懈的管理
　　　——是永不满足的欲望

　　　——还是一个大哈欠

科吉托先生论美德

一

她不是那些
真正男人们的新娘
这不足为奇

将军
权臣
暴君

千百年追随他们身后
这泪水盈盈的老姑娘
戴着救世军①可怕的帽子
时刻劝诫

从储藏间里翻出

---

① 救世军成立于1865年,是以基督教作为基本信仰的国际公益组织,以街头布道、慈善活动和社会服务著称。其国际总部位于英国伦敦。

苏格拉底的画像
面包做成的十字架
一些老话

——周围喧嚣着美妙的生活
像黎明时分的屠宰场一片火红

几乎可以将她埋进
纯纪念品的
银色首饰盒

她越来越小
像喉咙里的发丝
像耳朵里的蜂鸣

二

我的上帝呀
如果她能更年轻些
更漂亮些

跟上时代潮流
随着流行音乐的节拍
摆动胯骨

那时真正的男人们

也许会爱上她
将军、权臣、暴君

但愿她能关照自己
看起来像点儿样子
就像伊丽莎白·泰勒
或者胜利女神

但是她却发出
卫生球儿的气味
沉默寡言的嘴里
重复着伟大的——不

她的固执让人难以忍受
可笑得像个吓唬麻雀的稻草人
像一个无政府主义者的梦
像那些圣徒的人生

羞耻的梦

向下变形回到历史的诸源
回到遗失在水滴中的童年乐园

  穿过老鼠通道的逃跑比赛
  前往花朵底部的昆虫旅行
  猛然惊醒在黄鹂巢中

  抑或身穿狼皮沿着雪地警惕地奔跑
  在悬崖上对着满月大声嚎叫
  当风带来杀手的气息时那突然的恐惧

  鹿角里的完整日落
  蛇的螺旋之梦
  比目鱼的垂直守候

这一切都记录在我们身体的地图册
像祖先的肖像刻在我们的头骨之石上
所以我们重复那些被遗忘的语言字母

深夜我们在群兽雕像前起舞
身披皮肤、鱼鳞、鸟羽和盔甲
历数我们的罪行无尽无休

慈悲的众灵,请别推开我们
我们在大海和星辰间迷失了太久
请接纳精疲力尽的我们进入群体

科吉托先生的末世预感

一

科吉托先生的一生中
有过那么多奇迹
命运的跌宕起伏
光彩与沉沦
因此大概会有
一个苦涩的永恒

没有旅行
没有朋友
没有书籍

然而
时间充裕
像肺病病人
像被放逐的帝王

他大概会清扫

宽阔的炼狱广场
或在废弃的理发店里
对着镜子无聊

没有笔
没有墨
没有羊皮纸

没有童年的回忆
没有通史
没有鸟类分布图

像其他人一样
他将会参加
批判尘世恶习
培训班

招募委员会
工作一丝不苟

剪除天堂候选人们
残存的最后一点儿感官

科吉托先生将会抵抗
做坚决的抵抗

二

交出嗅觉最容易
他使用嗅觉很适度
从没追踪过任何人

他也会无憾地交出
食物的味道
饥饿的味道

他会把耳朵的花瓣
放在招募委员会的桌上

在现世的生活中
他是寂静音乐的爱好者

他只会
向严厉的天使解释
说视觉和触觉
不愿离他而去

说他仍能在身体里感知
所有尘世的荆棘
痛苦的点滴
爱抚

火焰
大海的拍击

说他仍能看到
山坡上苍松挺立
晨祷时的七枝烛台
带灰色纹理的岩石

他会遭受所有酷刑
和风细雨的规劝
但他将至死守卫
那美妙的痛感

还有被烧毁的眼底里
那几张已褪色的画图

三

谁知道呢
也许能成功
说服天使们
他不适合
做天堂里的
差事

而他们允许他回去

沿着荒草丛生的小路
回到白色的海边
回到初始的洞穴

摇篮曲

年份越来越短
太阳神阿蒙①的祭司们发现
长明灯燃烧的橄榄油逐年递减
这意味着世界在萎缩
空间、时间和人类

普鲁塔克②大概转述了祭司们的观察
在哲学家圈子里激起了愤怒的低语
因为他们对人类的善变感到绝望
想让宇宙以自身为典范为我们照亮

然而长明灯的证据看似毫无意义
与那些离开旅馆、车站和家园的人的经验相符
他们穿过错觉的溪流
此刻正沿着平缓的山坡走向所有人去的地方

---

① 古埃及新王国时期的主神和太阳神。
② 普鲁塔克（约46—120），罗马帝国时代的希腊作家、哲学家、历史学家。

他们知道
——昼夜在减少

——清晨折下的玫瑰,花瓣在恐惧中凋落
晚上仅剩下燃尽的树干丛林

——十二月的哈欠与八月的小睡之间
只是倏忽一瞬,没有任何事件,没有思念

——书信、旅行、惊叹
都日渐稀疏

——纤细如针的蜡烛在颤抖的手指间
指引从墙壁到墙壁的路途
冰封的镜子拒绝安慰

——亲爱的逝者们多如沙海,他们像沙粒
我们记忆的园地不接受任何人

——空荡荡的房间里,降落的尘土正在书写日记

——故乡的城市黯然无光,甚至黄金宫①

---

① 威尼斯的一座古老宫殿,正式名称为圣索菲亚宫,被认为是威尼斯大运河上最美丽的宫殿之一。它通常被称作"黄金宫",是因为曾经用镀金来装饰外墙。

也不再闪亮，而我们曾热爱的
　　无常浅滩上的所有地方，都正在沉入大海

长明灯燃烧的橄榄油逐年递减

如此高贵的宇宙正安排我们入眠

照 片

这个像埃利亚学派的箭头①那般一动不动的小伙子
置身于高高的青草之间,除去生日和指纹
我与他之间没什么关联

这张照片是我父亲拍摄于第二次波斯战争之前
从树叶和云朵我得出结论,那应该是八月的一天
小鸟、蟋蟀敲打银铃,粮食和圆月的气息在空气中弥漫

在罗马地图上,下面的一条河被称为叙帕尼斯河②
分水岭和附近的雷电建议说,最好到希腊人那里藏身
他们海边的殖民地并不太远

小伙子露出信任的笑容,他见过的唯一阴影
就是草帽、松树和房屋的影子

---

① 埃利亚学派的创始人是古希腊哲学家——埃利亚的巴门尼德。巴门尼德生活于公元前5世纪,是最重要的前苏格拉底哲学家之一。他认为世界上所有的运动都是幻象,只有静止是真实的。他的最重要的门徒——埃利亚的芝诺曾经试图证明"运动不存在,静止是唯一的存在"这一理论。

② 古罗马人将今乌克兰境内的南布格河称为叙帕尼斯河。据说,亚里士多德曾说叙帕尼斯河边有些生命不但很小,而且生命很短暂,只能活一天。

如果说血色,他只见过残阳如血

我的小家伙,我的艾塞克,低下你的头
这只是片刻的疼痛
然后任你想成为什么——无论燕子还是野百合

所以我必须要泼洒你的血,我的小家伙
让你在夏天的闪电里仍然纯洁无辜
你将永远安全,像藏在琥珀里的昆虫
将永远美丽,像煤炭中幸存下来的蕨类植物

巴比伦

多年以后当我重回巴比伦,一切都已改变
我曾爱过的姑娘们、地铁线路编号
我在电话旁边等待,警笛始终默然

所以用艺术来愉悦——彼得鲁斯·克里斯蒂的少妇肖像画①
越来越平展,把双翼收入梦里
毁灭之光和城市之光彼此靠近

启示录的节日、火把,自封的西比拉②
宽恕了酩酊大醉的人群,他们是富足的信徒
人们在凯旋和尘埃中拖拽着上帝被践踏的身躯

---

① 彼得鲁斯·克里斯蒂的少妇肖像画(29厘米×22.5厘米),是柏林画廊的彼得鲁斯·克里斯蒂(约1410—约1472/1473)的作品。它此前被收藏于达勒姆博物馆,赫贝特经常去那里参观。目前这幅画被收藏于柏林画廊,在柏林文化广场的一座新楼里,在新国家艺术画廊和音乐厅之间。——原注

② 西比拉是西方传说中能预言未来的女巫。她是小亚细亚一个自称代神发言的女巫,传说她经常在各个城市和国家之间巡游。

乌烟瘴气①就这样实现,伊特鲁里亚②人的桌子已摆满盛宴
穿着染上葡萄酒斑点的衬衫,对命运茫然无知的人们正在庆祝
最后野蛮人到来,为了割断主动脉

  城市,我没有期待你的死,至少不是这样的死
  因为甜美的自由果实将和你一起进入地下
  一切都始于来自青草的苦涩知识

---

① 原文为意大利文。
② 意大利中部的古代城邦国家。

神奇的克劳狄*

人们说我
肇始于自然
但未能完成
恰如被弃的雕像
一份草稿
一部史诗残篇

我常年扮演傻瓜
白痴们生活更加安全
我平静地忍辱负重
假如把所有扔到我脸上的果核
全都播种下去
大约会橄榄成荫
棕榈绿洲也广阔无边

我接受了全面的教育

---

* 克劳狄一世,全名提贝里乌斯·克劳狄乌斯·德鲁苏斯·尼禄·日耳曼尼库斯(公元前10—54),常译作克劳狄乌斯、克劳狄,是罗马帝国朱里亚·克劳狄王朝的第四任皇帝,公元41年—54年在位。

李维①、演讲家和哲学家们
我的希腊语像雅典人一样流利
但是柏拉图
我只有在平躺时才会想起

我在妓院和码头上的饭铺里
充实自己的学业
尚无人编纂的拉丁语脏话词典
你们是犯罪和淫荡的无尽宝库

在卡里古拉被刺之后
我藏身于窗帘之后
被粗暴地拖出
未及换上智慧的表情
世界被抛到我的脚前
乏味而平淡

从此我成为历史长河中
最勤勉的皇帝
成了官僚中的赫拉克勒斯②
我自豪地想起
自由的法律

---

① 蒂托·李维（公元前64或公元前59—17），古罗马著名的历史学家，写过多部哲学和诗歌著作，最出名的是他的巨著《罗马史》。
② 希腊神话中的大力神，又名海格力斯。

恩准在盛宴上
释放腹部的回声

说我残暴的指控我一概否认
实际上我只是有点儿心不在焉

在梅萨丽娜①突然死去的那一天
遵循我的命令——我承认——处死了一个可怜的女人
我在宴会上提问——夫人缘何未至
回答我的是坟墓般的死寂
我真的已然忘记

也曾发生过
我邀请已死之人玩一局骰子
缺席的人要受罚
我日理万机
细节搞错情有可原

我大概
下令处死了
三十五个元老院成员
还有差不多三百个罗马骑士②

---

① 罗马皇帝克劳狄一世的第三任妻子,以淫荡著称,后被克劳狄皇帝处死。
② 罗马骑士阶级是古罗马时期两个上层阶层中较低的一个,位列元老阶级之下,通常译为骑士阶级,但与中世纪的骑士不同。

那又如何

少一些紫袍
少一些金戒指
因此——并非无关紧要
剧院里多了一些位置

谁也不愿意理解
这些行动的崇高目的
我渴望人们习惯死亡
迟钝它的刀锋
将它带至日常的尺度
就如一阵淡淡的感伤或者一次伤风

这就是我
感情细腻的证明
我把温和的奥古斯都①的雕像
从刑场移开
好让柔情的大理石
听不到死囚的哀号

漫漫长夜我刻苦钻研

---

① 奥古斯都（公元前63—14年），罗马帝国的第一位君主，元首制的创始人，统治罗马长达40年。

撰写了伊特鲁里亚人的历史
迦太基的历史
关于农神的一些琐事
关于游戏理论的解说
关于蛇毒的论文

是我挽救了奥斯提亚①
抵御风沙的入侵

我抽干了沼泽
建造了渡槽
自此清洗血迹
在罗马变得容易

我扩大了帝国的疆域
直达不列颠和毛里塔尼亚②
可能还有色雷斯

我的夫人小阿格里皮娜造成了我的死亡③
她对牛肝菌情有独钟

---

① 位于意大利中部罗马附近的一座古罗马时期港湾城市。克劳狄皇帝曾下令扩建。
② 位于非洲西北部，公元前2世纪曾是罗马帝国的领地。
③ 小阿格里皮娜，古罗马皇帝克劳狄一世的皇后，尼禄的生母，据说为了让尼禄早日掌权，用毒蘑菇毒死了皇帝克劳狄一世。

蘑菇，森林的精华——成了死亡的精华

纪念我吧——子孙后代们——带着应有的敬意和感激
至少感激神奇的克劳狄的一份功绩
我在字母表里添加了新的符号和发音
拓宽了语言的疆界，也就是自由的疆域

我发明的字母——可爱的女儿们——**Digamma**① 和 **Antysigma**②
引领我的影子
当我以蹒跚的步履走向奥迦斯③的昏暗领地

---

① 古罗马字母中的 F。
② 倒西格玛Σ符号。
③ 罗马神话中的冥王，同古希腊神话中的冥王哈迪斯。

科吉托先生的怪兽

一

幸运的圣·乔治
从他的骑士马鞍上
就能准确判断出
恶龙的力量和运动

战略的首要原则
是精准评估敌人

  科吉托先生
  处境更糟糕

  他坐在
  低矮的山坳里
  四周浓雾笼罩

  透过浓雾无法看到
  如炬的双眼

贪婪的利爪
和血盆大口

透过浓雾
只能看见
虚无在闪耀

    科吉托先生的怪兽
    摆脱了尺度

难以描述
无法定义

像一个大萧条
笼罩整个国度

无法将它刺穿
无论用笔
用理由
用长矛

若非令人窒息的重量
和到处播撒的死亡
或可认为
它是一种幻觉

一种臆想

但它存在
肯定存在

就像一氧化碳充满
房屋庙宇市场

它毒化水井
破坏思想建筑
给面包覆上霉菌

怪兽存在的证据
是它的牺牲品

这不是直接证据
但足够充分

二

理智的人们说
可以与怪兽
共存

只要避免
激烈的运动

激烈的话语

在遭受威胁时
可以采取
岩石或树叶的形式

听从智慧的大自然
推荐的伪装术

把呼吸放平缓
假装我们不存在

  然而科吉托先生
  不喜欢伪装的生活

  他想战斗
  与怪兽
  在坚实的土地上

  他拂晓时出发
  前往睡意正酣的郊外
  精心配备了
  长而尖的物体

  他沿着空空的街道

到处呼唤怪兽

对怪兽千般讥讽
百般挑衅

就像一支并不存在的军队里
一个目空一切的前锋

他呼喊——
出来吧，卑鄙的胆小鬼

通过迷雾
只能看到
虚无张开的大口

  科吉托先生想投身
  一场悬殊的战斗

  这一切应该
  尽快发生

  在这一切到来之前
  被虚弱无力掀翻
  无荣耀可言的平凡之死
  被扼杀于无形

弑君者们

正如雷吉斯①的断言,他们彼此相像
就像双胞胎拉瓦莱克②和普林西普③,克莱门特④和卡塞里奥⑤
他们大多来自癫痫病或自杀者的家庭
然而自己是健康的,或者说普普通通
通常年轻,非常年轻,而且永远年轻

他们的孤独经年累月磨砺自己的刀锋

---

① 埃米勒·雷吉斯,《古今弑君者》(1890)一书的作者。——原注
② 弗朗索瓦·拉瓦莱克(1578—1610),宗教狂热主义者,曾做过教师,在修道院生活过一段时间,在17世纪初离开修道院。1610年5月14日刺杀法国国王亨利四世,被处以车裂之刑,并于1610年5月27日被处决。——原注
③ 加夫里洛·普林西普(1894—1918),"青年波斯尼亚"组织成员,1914年6月28日在萨拉热窝向乘坐汽车行进的奥地利王储斐迪南大公及夫人索菲亚开枪射击。普林西普随后被捕,考虑其当时年纪尚轻,被判处20年劳役,但1918年4月28日在特莱森塔窝因结核病去世。——原注
④ 雅克·克莱门特(1567—1589),多明我教派修士,宗教狂热主义者,1589年7月31日在圣克卢刺杀正在组织围攻巴黎的亨利三世国王,当场被杀。——原注
⑤ 桑托·卡塞里奥(1873—1894),意大利无政府主义者,是个烤面包师。1894年6月24日在世界博览会期间,在里昂刺杀法兰西第三共和国总统玛利·弗朗索瓦·萨迪·卡诺。1894年8月16日被砍头。——原注

在城外树林里学习精准射击
制订刺杀计划,非常勤奋,非常诚实
挣到的每一分钱都交给母亲,关心兄妹,从不饮酒

没有女友和朋友

   刺杀后缴械投降不做抵抗
英勇地忍受酷刑从不乞求宽恕
侦讯中拒绝承认别人暗示的所谓同伙

没有密谋,他们真的是孤身一人

   他们超人的坦诚和直率
激怒了法官、辩护人和追求轰动的民众

   那些将灵魂送往冥界的人
惊讶于这些囚徒在最后时刻的平静

平静得没有愤怒,没有遗憾甚至没有仇恨
有的似乎只是光明

   因此人们在脑子里翻找
称量心脏,切割肝脏,却没有发现
有什么东西超乎寻常

他们中谁也未能扭转历史进程
但黑暗的使命代代相传
所以这些小手值得顾忌
打击的确定性在这些手中震颤

别名普洛克路斯忒斯的达玛斯蒂斯[*]说

我移动的帝国在雅典和墨伽拉①之间
我独自统治森林、山谷和峭壁巉岩
没有老头儿们出主意,没有愚蠢的徽章
只有一根直挺挺的棒槌在手里
我身披狼的影子,达玛斯蒂斯这个词就能激起恐慌

我所缺的唯有臣民,就是说我总是短促地拥有他们
没人能活到黎明,然而那些历史骗子说我是凶手
这绝对是栽赃诽谤

实际上我是个学识渊博的社会改革家
人体测量学是我真正的兴趣所在

我按照完美的人体设计了一张床

---

* 普洛克路斯忒斯也称达玛斯蒂斯,是希腊神话中的一名强盗,是海神波塞冬的儿子,在从雅典到埃莱夫西纳的路上开设黑店,拦截行人。店内设有一张铁床,旅客投宿时,将身高者截断,身矮者则强行拉长,使与床的长短相等。而由于普洛克路斯忒斯秘密地拥有两张长度不同的床,所以无人能因身高恰好与床相等而幸免。后来英雄忒修斯前往雅典时,路过此地,将其杀死。
① 希腊阿提卡地区西部的古城。

把抓到的旅客放到这张床上
难以避免——我承认——拉伸一些部位，或者把肢体截断

患者们死去，但他们死得越多
我越是坚信自己的研究非常正确
目标崇高伟大，进步需要牺牲

我渴望消除高低之分
渴望给五花八门的人类定一个形状
我从未停止努力，只为把人们弄齐

忒修斯取了我的性命，他也是杀害无辜的米诺陶洛斯的元凶
就是那个拿着女人的线团，深入迷宫的家伙
一个满腹鬼主意的骗子，没有原则没有远见

  我满怀希望，别人将继承我的重担
  将如此勇敢而开创的事业进行到底

《远征记》*

小居鲁士的雇佣军是外国军团
他们狡猾冷酷——是的——屠杀了
二百一十五次日间行军
——杀了我们吧,我们不能接着走了——
三万四千六百五十斯塔德①

因为困倦而狂躁的他们走过那些野蛮的国度
危机四伏的浅滩,大雪纷飞的隘口,泛着咸味的旷野
在民众鲜活的躯体上,砍杀出自己的道路
幸好他们没有撒谎说是在保卫文明

泰赫斯山上著名的呐喊
感伤的诗人们理解有误
他们不过是看到了大海,或者说是地窖的出口

---

* 古希腊历史学家色诺芬(约公元前430—公元前355)的作品。公元前401年,色诺芬参加了小居鲁士反对其兄长阿尔塔薛西斯二世的远征,并在退军过程中成为希腊军团的首领之一。这次远征被色诺芬记录在《远征记》中。——原注
① 古希腊长度单位,约合160米(或约185米)。

他们的旅程没有《圣经》,没有先知,没有燃烧的灌木丛
天上地下都没有标志
只带着一个可怕的意识——生命伟大

被抛弃者

一

我没赶上
末班车

我留在了城里
但这并不是城

没有晨报
没有晚报

没有
监狱
大钟
和水

我享受
伟大的度假
在时光之外

我在远行
穿过房屋尽已烧毁的大道

糖的大道
碎玻璃的大道
大米的大道

我可以写一篇论文
关于生命
如何突变考古

二

万籁俱寂

城外的大炮
因自己的英勇而窒息

偶尔
只听到
倒塌的墙壁发出钟鸣

还有轻轻的轰响
那是铁板在空气中抖动

万籁俱寂
面临歹徒之夜

不时
荒诞的飞机
出现在空中

扔下传单
号召投降

我乐意投降
但不知该向谁

三

现在我住在
最好的酒店

被杀死的门卫
继续待在包厢里

从废墟的小山上
我直接
走进二层
走进那些
曾属于情妇

属于前警长的公寓

我以报纸做被褥
用海报盖住身体
海报预言最终的胜利

吧台里只剩下
治疗孤独的药

装着黄色液体的瓶子上
有一个标签

　　——强尼①
　　压低圆筒帽
　　快速向西远去

关于被抛弃
我对任何人也毫无怨言

我只是缺了
运气
和右手

---

① 人名。

天花板上
灯泡
让人想起翻转的骷髅

我等待着胜利者

为倒下的人们痛饮
为逃兵们痛饮

我摆脱了
坏思想

甚至死亡的预感
也已把我抛弃

贝多芬

人们说他聋了——可并非如此
他听觉的恶魔不知疲倦地工作
在他的耳蜗里从未有死湖安睡

中耳炎①然后是急性中耳炎②
使得他的听觉器官里
一直有尖锐的嘶鸣声持续

敲击、鸫鸟的鸣叫、森林的木钟
他尽力从中汲取——小提琴高亢的男童音
衬上男低音喑哑的黑色

疾病、激情和跌倒的清单
像他完成的作品目录一样丰富
定音鼓－迷宫硬化症③可能就是梅毒④

---

①② 原文为拉丁文。
③④ 原文为德文。

最后该来的终究来了——彻底的失聪
无言的双手击打黑暗的共鸣箱和琴弦
天使鼓起的双颊在四处宣告沉默无声

童年的斑疹伤寒,后来的心绞痛①、动脉硬化
在作品集 130 的四重奏抒情短曲里
能听到平缓的呼吸,压抑的心灵和沉闷

杂乱无章,好发脾气、满脸疤痕
过度饮用廉价酒精——啤酒和马车夫白酒
被结核病弄得虚弱不堪的肝脏拒绝游戏

没什么可遗憾的——债主们都已死去
还有那些情人、厨娘、女伯爵
大公和艺术赞助人——枝形烛台低声抽泣

他仿佛依然在世,还在借钱
努力在天地之间建立联系

但是月光就是月光无需奏鸣曲

---

① 原文为拉丁文。

科吉托先生思考鲜血

一

科吉托先生
在读一本
关于科学视野的书
思想进步史
从僧侣主义①的蒙昧
到知识的光辉
他碰到了一个插曲
用乌云遮挡了
科吉托先生的个人视野

一部厚重的历史
人类糟糕的谬误史
前面的短小前言

有很长时间

---

① 一种认为"知识取决于信仰"的学说。

人们坚信
人体里的血液
储量颇丰

圆滚滚的水桶
二十几升
——小事一桩

由此可以理解
那些对战斗的恣意描写
战场如珊瑚般鲜红
血流成河
还有那
让卑劣惨剧不断上演的天空

也包括通行的
治疗办法

切开
病人们的动脉
将宝贵的液体
轻率地放掉
放到锡碗里

不是所有人都能忍受

笛卡尔弥留之际的低语
先生们，请宽恕①——

二

现在我们确切地知道
每个人体内
无论死囚和刽子手
都流淌着四五升
被称为
人体灵魂的东西

几个勃艮第酒瓶
一个水罐
水桶容量的
四分之一
不多

科吉托先生
天真地惊异于
这个发现
为什么没有激起
风俗领域的剧变

---

① 原文为法文。

至少应该劝人们
厉行节约

不能像从前那样
肆意浪费
在战场上
在屠场上

真的不多
远远少于
水和石油储备

然而并非如此
得出的结论令人羞愧

不是谨慎
而是挥霍

严格的测算
强化了那些虚无主义者
给了暴君们更大的威力
现在他们确知
人很脆弱
让他失血很容易

四五升
数量毫无意义

因此科学的胜利
没有带来精神的养料
进步的原则
道德的标准

科学家的努力
没有改变事物的进程
这是一个小小的安慰
科吉托先生想

那些努力的分量
近似于诗人的一声叹息

而鲜血
继续流淌

跨越身体的地平线
幻想的边界

——大概会是一场洪流

科吉托先生与玛利亚·拉斯普丁[*]——尝试联系

一

星期日
午后
酷暑

遥远的加利福尼亚
多年之前——

  翻看着
  《大西洋之声》
  科吉托先生
  看到了
  玛利亚·拉斯普丁的死讯

---

  * 玛利亚·拉斯普丁（1898—1977），格里高利·拉斯普丁的女儿，俄国"十月革命"后移民海外，先是在布加勒斯特做舞蹈演员，后在马戏团里任驯兽师，并随马戏团在欧洲和美洲各地演出，之后因为被马戏团的熊弄伤，退出了马戏团，还做过儿童保育员。玛利亚写了很多回忆文章，生命最后几年定居于洛杉矶，1977年9月27日去世。——原注

她是格里高利·拉斯普丁①之女

　　简短的声明
　　在最后一页
　　将他个人
　　深深触动

而实际上
他与玛利亚毫不相干
她贫乏的一生
无法铺展到
长诗的地毯上

这就是她的简史
平淡无奇
甚至有些粗鄙

那时
当反抗者
除掉了受膏者尼古拉
玛利亚
逃亡海外

---

① 格里高利·拉斯普丁（1869—1916），沙皇尼古拉二世时的神秘主义者，沙皇及皇后的宠臣。玛利亚·拉斯普丁的父亲。

她把柳树
换成棕榈

她为人家服务
在白派移民家里
在祖国的语言
发面饼、黄瓜和红菜汤的气息里

她有个奇怪的雄心
就是刷那些
出身好的盘子

即便不是公爵
至少还是个男爵
最差还是个
近卫军官的遗孀

  在她面前
  意外地开启了
  一道艺术之门

  在一部无声电影里
  她首次登台
  片名是《快乐水手吉米》

低劣的影像
未给玛利亚
在第十缪斯的历史中
留下恒久的地位

后来
她出演滑稽剧
在一些二流的小剧院
低档的舞场里

最后
巅峰

她在杂技领域
声名鹊起
与熊共舞
即西伯利亚婚礼

轰动持续不长
她的舞伴米沙①
抱她时太过热情
来自被抛弃的祖国的
猛烈拥抱

---

① 指杂技团里的熊。

她侥幸逃生

这一切
加上两次
不成功的婚姻
还有一个重要的细节

她自豪地拒绝了
出版胡编乱造的自传的建议
题目是《路西法①的女儿》

她比什么斯韦特兰娜
行为得体

二

《大西洋之声》里的短文
配发了一张
死者的照片

体态强健
由一棵好树雕琢而成

---

① 路西法，出现于《以赛亚书》第 14 章第 12 节，通常指被逐出天堂前的魔鬼或者撒旦。

一个女人
站着
背景是一堵墙

手里拿着
一个皮件

介于
女士手提包
和邮差包之间

令科吉托先生瞩目的
并非玛利亚的业洲人面孔
熊一般的小眼睛
曾经的舞蹈演员如今壮硕的体形

而恰恰是
那个形影不离的
皮件

她
带着
什么
走过荒原
城市的旷野

森林

群山

峡谷

 ——圣彼得堡之夜
 ——图拉的茶饮
 ——古东正教的歌谱
 ——偷来的银勺上
  带有女沙皇的花押
 ——圣西里尔的一颗牙齿
 ——战争与和平
 ——在草药里干燥的珍珠
 ——一块儿冰冻的泥土
 ——圣像画

谁也不会知道

她随身

带了个小包

三

现在

玛利亚·拉斯普丁的

现世的残骸

安息在美国墓地里

她是末代罗曼诺夫家族的

最后一个魔鬼之女

未曾举哀
无论沙皇钟
还是流行乐的男低音

她在做什么
在这个完全不恰当的地方
有点儿像野餐地
又像逝者的快乐周末①
或者是粉白色的
制糖者竞赛的决赛

只有黄杨和小鸟
述说着永恒

玛利亚呀
——科吉托先生想
玛利亚呀,遥远的女领主
有着一双肥厚的红手

不属于任何人的劳拉

---

① 原文为英文。

审　判

在发表自己的长篇大论时
检察官用他黄色的食指将我洞穿
我有理由认为自己看起来十分龌龊
被动地戴上了惊恐和卑鄙的面具
就像被鼠夹夹住的老鼠、间谍和兄弟相残的罪犯
媒体通讯员们跳起战争之舞
我在氧化镁火堆上慢慢燃烧

这一切发生在一个狭小窒息的房间
地板吱扭作响，石灰从屋顶上掉落
我数着木板上的节疤、墙上的窟窿和面孔
那些面孔彼此相似，几乎一模一样
警察、法官、证人、公众
都属于彻底拒绝怜悯的那一党
甚至我的辩护人也带着淡淡的笑容
他是行刑队的荣誉成员

第一排坐着个胖墩墩的老妇人
她改扮成我的母亲，用戏剧性的手势拿起手绢

擦拭脏乎乎的眼睛
并没有泪如泉涌
这大概持续了很久,我甚至不知道多久
法官们的袍服里涌起了殷红的落日之血

真正的审判在我的细胞里进行
它们似乎早就知晓了判决内容
在短暂的抗争后彻底投降
然后开始一个接一个地死亡
我惊讶地看着自己蜡黄的手指

我没有做最后的陈述
其实多年来我一直在打最后陈述的腹稿
面对上帝,面对人世的法庭,面对良知
更是面对死者而非活人
我被卫兵架起双腿站直
我能做的只有眨眨眼睛
这时整个大厅爆发出健康的笑声
我那乔装的母亲也笑出了声
法官的法槌开始演讲,这就是结局

但后来发生了什么——是死于绳索
还是被慈悲地改判为监禁
我担心存在第三种黑暗的解决方案
超越时间、感官和理智的界限

所以每当醒来时我从不睁开眼睛
而是握紧手指，不抬起头
平缓地呼吸，因为真的不知道
我的空气还剩下几分钟

伊莎多拉·邓肯*

她算不上美丽,甚至有点儿翘鼻
体表的其他部位,行家们倍加赞誉
应该相信他们,可如今
已经无人能重现她的舞蹈,复活伊莎多拉
她将化作一道谜题,薄纱中的秘密
就像玛雅人的文字,蒙娜丽莎的笑意

缘何她的荣誉得以登峰造极
也许品位不高,就像尼禄的诗句
美妙萨拉的舞台呻吟,哈利戴的狂号
"时代精神"① 执掌生杀大权
就是说时尚的恶魔,时光流逝的恶魔
时代的大钟止步——众神走到底部

她对希腊人的了解

---

* 伊莎多拉·邓肯(1878—1927),美国舞蹈家,现代舞的创始人。
① 原文为德文。

不过就是一个俄亥俄州普通姑娘的程度
她被虚幻的古希腊图景弄得癫狂
布德尔①将她雕成迈那得斯②的形象

她轻率地泄露了心灵和闺房的秘密
在那本理应受到谴责的《我的生活》中

自此我们确切地知道，演员贝列吉③
如何在她面前发现了感官世界
戈登·克雷格④、康斯坦丁·斯坦尼斯拉夫斯基⑤
以及成群的音乐家、富豪、作家如何为她疯癫
而帕里斯·辛格⑥
则把他拥有的一切——
可靠的缝纫机帝国"以及其他的一切"⑦
都掷于她的脚前

假如此时欧里庇得斯仍然在世
肯定也会爱上她，或者恨上她

---

① 布德尔（1861—1929），法国雕塑家、画家。
② 希腊神话中酒神狄奥尼索斯的女伴们。
③ 邓肯的情人，生卒年不详。
④ 戈登·克雷格（1872—1966），英国演员及剧场设计师，与邓肯育有一子。
⑤ 康斯坦丁·斯坦尼斯拉夫斯基（1863—1938），俄国演员，导演，戏剧教育家、理论家。
⑥ 帕里斯·辛格（1867—1932），美国富商，与邓肯育有一子。
⑦ 原文为拉丁文。

然后在悲剧里给她一个角色以达永生

她的才华越是日渐黯淡
她越是炽烈地相信
只有舞蹈能拯救世界
免于贫困和磨难
这种神秘的信仰
将她推上了讲坛
因此她四处宣讲
她身上爆发出的热流仿佛来自一个大火炉
而贫困和磨难像立柱原地不动
她显然忘记了，很遗憾①艺术无力拯救
众缪斯首领阿波罗，请原谅这一错误

  短促而炽热，就像她所做的一切
  她爱上了年轻的国度
  星星悬挂在历史列车司机的脖颈

遗憾的是从中并未迸发出火花
伊莎多拉对重工业和农业感到厌倦
轻盈舞步中，革命的现在和过去都是幻梦

  不幸的女人将乌托邦与现实混为一谈

---

① 原文为法文。

"让我们走吧"① 既然有人群随她前行
科学巨匠、牧师和萨特主义者们

遗憾的是她不得不告别希望之国
为心情愉悦,她带了一个珍贵的诗人
理智不清的叶赛宁②咒骂过、爱过、嚎叫过

的确,戏剧以悲剧结束
在跌宕起伏的人生之后
一条羊绒围巾成了死亡的工具

羊绒围巾一定是太长
像彗星的尾巴卷入了汽车辐条
像因嫉妒而发疯的奥赛罗一样将她扼死

而她仍在舞蹈,已经年过百岁
白发苍苍的老妇,面色惨白得几乎难以看见
在伟大和可笑之间舞蹈
已经不再如当年那般如痴如狂
带着女修道院长的谨慎,成熟的思考
把自己的赤脚,置于悬崖边上

---

① 原文为法文。
② 叶赛宁(1895—1925),俄罗斯诗人,1921年与邓肯结婚。

使 者

对使者的等待绝望而漫长
翘首以盼的胜利或失败的预言者
迟迟不来——悲剧深不见底

合唱团在深处朗诵黑暗的预言和诅咒
国王——王朝的鱼——在难以理解的网里挣扎
缺少第二个必要人物——命运

雄鹰、橡树、清风和海浪一定知道尾声
那些半死的观众像石头一样平缓地呼吸
众神已入睡,寂静的夜没有闪电

信使终于到来,戴着鲜血、泥土和哀悼制作的面具
手指着东方,发出无人能懂的叫喊
这比死亡还糟糕,因为既非怜悯,也非恐惧
而每个人在最后一刻都渴望净化

九月十七日

致约瑟夫·查普斯基①

我不设防的祖国会接受你,入侵者
雅希②和玛乌戈霞③上学的路
不会裂变成深渊

河流过于懒惰,不愿变成洪流
山中酣睡的骑士,仍沉睡不醒
所以不速之客,你将畅通无阻

  但是这片土地的赤子将在夜里聚集
  可笑的烧炭党、为自由而战的密谋者
  将会清洗那些可以进博物馆的武器
  他们向一只鸟④和两种颜色⑤宣誓

---

① 约瑟夫·查普斯基(1896—1993),波兰艺术家、作家,波军上校。
② 波兰男孩名。
③ 波兰女孩名。
④ 波兰国徽为白鹰,故有此说。
⑤ 波兰国旗为白红两色,故有此说。

然后一如往昔——火光和爆炸
如画的年轻人、无眠的指挥官
装满失败的背囊，殷红的荣誉战场
令人欢欣鼓舞的是：我们自己

我不设防的祖国会接受你，入侵者
会在柳树下给你一波寻①土地——还有安息
为让我们那些后来人
重新学习最困难的技巧——宽恕罪行

---

① 古代波兰长度单位，为成年男子双臂展开的长度。

科吉托先生关于需要严谨

一

应用数学领域的一个问题
让科吉托先生
坐立不安

这是在普通算术运算中
我们常碰到的困难

孩子们比较方便
把一个苹果加到另一个苹果上
把 颗种了跟另 颗种了分开
算式平衡
全世界的幼儿园
都脉动着安全的温暖

人们测量了物质的分子
称量了天体
只是在人的问题上

该死的粗心大意仍大行其道
缺少严谨的数据

沿着浩瀚的历史
一个幽灵在旋转
它就是"说不清"
一个幽灵在飘荡
这个幽灵就是不确定性

多少希腊人在特洛伊城下丧命
——我们不知道
给出交战双方
具体的损失
在高加米拉战役①
阿金库尔战役②
莱比锡战役③
库特诺战役④

再给出
白色恐怖

---

① 公元前331年波斯与马其顿之间的一场战争,波斯军战败。
② 发生于1415年,是英法百年战争中一场著名的以少胜多的战例。
③ 1813年10月在德国莱比锡附近发生的一场拿破仑领导的法军与反法同盟之间的战役,以拿破仑失败告终。
④ 又名布楚拉战役,是第二次世界大战期间波兰战役中一场决定性的会战,发生于1939年9月9日至19日,以波兰军队失败告终。

血色恐怖
棕色恐怖中
——啊，颜色，多么无辜的颜色
受害者的人数

　　——我们不知道
　　真的不知道

科吉托先生
拒绝合乎情理的解释
即年代久远
风已把灰烬搅乱
血已流入大海

合乎情理的解释
令科吉托先生
坐卧不宁

因为
甚至我们眼前发生的事
也正在摆脱数字的牢笼
失去人的尺度
错误一定藏身某处
糟糕的工具缺陷
或者是记忆之过

二

几个简单案例
关于受害者的统计

空难中
遇难者的数字
很容易确定

因为这对继承人
和深陷哀伤的保险公司来说
都十分重要

我们拿一份乘客
和机组成员名单
在每个姓氏旁边
画上一个小十字

铁路事故中
要确定起来
就有些难度

得把支离破碎的身体
进行还原
不让任何一个头颅

没有主人

自然灾害中
统计
变得
复杂

我们统计获救者
其余的未知
他们既非生者
也并非死者
所以拥有一个奇怪的名字
失踪者

他们尚有机会
回到我们中间
从火中
水中
大地里边

如果回来——很好
如果不回来——也没办法

三

现在

科吉托先生
走上摇摇欲坠的
"说不清"的最高层

  那些死于
  抵抗暴政的人
  姓名极难确定

  公开的数据
  总是在压缩数字
  再一次无情地
  践踏死者

  他们的躯体
  消失在**警察局大楼**
  深不可测的地下室里

  目击让人们
  被毒气熏瞎双眼
  被轰鸣震聋双耳
  因为恐惧和绝望
  倾向于夸大其词

  那些旁观者
  给出了可疑的数字

数字上包扎着
可耻的"差不多"一词

要知道在这些事情上
必须严丝合缝
不能搞错
哪怕是一个人

无论如何
我们是我们兄弟的守护者

对失踪者的无知
让世界的现实性受到质疑

它把辩证法的魔鬼之网
插入表象的地狱
而辩证法宣称
物质和幽灵之间没有差异

  因此我们必须知道
  必须仔细计算
  呼唤每个名字
  为他们备好上路的东西

  往泥做的小碗里

放进谷物、罂粟
骨梳
箭镞
忠诚指环

护身符

品位的力量

致伊泽朵拉·东布斯卡①教授

这并不要求很伟大的人格
我们的拒绝、异议与执着
我们有过一点必要的勇气
然而实际上这只是品位问题
        是的，品位
包含灵魂的纤维和良心的软骨

天晓得，假如诱惑更加美丽优渥
将圣饼般柔滑、玫瑰般美好的女子
或是耶罗尼米斯·博斯②画作上的形象
都送到眼前
然而相随的是何等的地狱
潮湿的深坑、死胡同和杀人犯的棚屋
都被称为公平的殿堂
醉醺醺的靡菲斯特穿上制服
把曙光女神的子孙送到这里

---

① 伊泽朵拉·东布斯卡（1904—1983），波兰哲学家、逻辑学家。
② 耶罗尼米斯·博斯（1450—1516），荷兰画家。

那些长着土豆脸的小伙子
和长着红色手掌的丑姑娘

他们的朗诵实在是粗鄙不堪
(西塞罗在坟墓中也会辗转反侧)
用翻来覆去的车轱辘话解释几个概念
打手的辩证法里没有任何高雅情趣
句型的美妙也被剥夺殆尽

因此审美对生活大有助益
不应忽视美学教育的意义
在决定参与之前我们应认真研究
建筑的轮廓、鼓和笛的节奏
庄重的色彩、粗鄙的葬礼

  我们的眼睛和耳朵拒绝聆听
  我们感官的王公选择了高傲的远离

这并不要求伟人的人格
我们有过一点必要的勇气
然而实际上这只是品位问题
         是的,品位
它命你毅然离去,命你嗤之以鼻
尽管身体那无价的柱头——头颅
       可能为此而轰然落地

科吉托先生——来自死亡之屋的记录

一

我们并排躺在
荒诞圣殿的底部
身上涂满痛苦
包裹在湿漉漉的恐惧里

就像
从生命之树
落下的果实
各自腐朽
依照各自的方式
剩余的一点人性
仍在其中小睡

我们被神秘的判决
剥夺灵长类动物的宝座
我们像腔肠动物
原生动物

囊蠕虫

被剥夺
存在的
雄心

  而此刻
  晚上十点
  灯火熄灭
  出乎意料
  就像每一个启示
  响起
  一个声音

  男声
  缓慢
  命令
  死而
  复生

  那声音
  有力
  是王者之音
  发于
  奴隶之家

我们并排躺着
低低地
倾听

而他
升起在
我们头顶

二

无人见识
他的面容

他被关闭在
难以企及之处
称为
圣所

在宝藏的
最核心

在冷酷的祭司守卫下
在冷酷的天使守卫下

我们曾称他亚当

这意味着取自大地

晚上十点
灯火熄灭
亚当开始了音乐会

对于那些无知者的耳朵
这音乐会
像被束缚者的呻吟

对于我们
则是显现

他曾是
弥撒亚
献祭的动物
赞美诗的作者

他歌唱
神秘的沙漠
深渊的呼唤
高处的绳扣

亚当的呼唤
由两三个元音构成

它们展开
像天际的肋骨

然后
突然的
中断

撕裂空间

然后
如耳边的惊雷
同样的
两三个元音

巨石的洪流
万千江河之音
审判的号角声

而这其中
没有控诉
请求
也没有丝毫感伤和悲痛①

---

① 原文为英文。

它生长
变强壮
令人目眩

黑暗的立柱
推挤开
群星

三

几场音乐会后
他陷入沉默

声音的照明
稍纵即逝

没能救赎
那些信徒

他们带走了亚当
或者是他自己
退入永恒

反抗之源
就此熄灭

也许
只有我一人
还能听到
他声音的
回响

越来越纤细
越来越微弱
越来越幽远
如行星运行之音
宇宙的和鸣

如此完美
难以听见

来自围城的报告

我太过老迈,已无法如他人般持戈上阵

出于怜悯,我受命充任史官
不知为谁,记录围城的过程

我的记录应该精准,但却不知进攻何时开始
是二百年前,十二月,九月,抑或是昨日黎明
这里的所有人,都患上了时间感消失症

剩下的只有地点,我们被束缚之地
还擎着圣殿的废墟,花园和家园的幻影
如果失去废墟,我们将两手空空

我按照每周七天周而复始的顺序记录,竭尽所能
星期一:仓库已空空如也,围攻的部队是老鼠
星期二:市长被不明凶手杀害
星期三:关于缴械的谈判,敌人扣押了使者,不知道他们被
关押何处,或者受难之处

星期四:激烈的会议之后,以多数票否决了调料商提出的无条件投降建议
星期五:鼠疫爆发。星期六:英武不屈的战士 N.N. 自杀。
星期日:饮水断绝,我们在名为"同盟门"的东门旁击退了敌人的冲锋

我知道,没人会被这些枯燥的记录打动

我避免评论,抑制情绪,只记录事实
据说在国外市场上这最有价值
但是我带着某种自豪,渴望向世界汇报
由于战争,我们孕育出一个新的儿童品种
他们不喜欢童话,而是玩杀人游戏
清醒时和在梦中,都梦想着热汤、面包和骨头
跟狗和猫一样

夜晚时分,我喜欢沿着城边漫步
沿着我们不确定的自由边缘
俯视那蝼蚁般的敌军和灯火
听着战鼓和野蛮人的尖叫声
城市仍在抵抗,真让人难以置信

围困持续日久,敌人一定在变化
除了渴望毁灭我们,他们毫无共性
哥特人、鞑靼人、瑞典人、皇帝的军队、耶稣变容军团

谁能将他们数清
旗帜色彩变幻，如天边的森林
从春天的鹅黄，到浓绿火红，再到冬夜冥冥

每逢夜阑人静，我从史实中脱身，可以想想
关于过去久远的事情，比如我们的海外盟友
我知道他们对我们真诚地同情
送来成袋的面粉、希望的油脂和美妙的主意
但他们甚至不知，他们的父辈曾背叛我们
我们那些第二次世界末日期间的曾经的盟友
子孙们是无辜的，值得感激因此我们感激莫名
他们没有经受过，如永恒般漫长的围城
那些遭遇不幸的人，始终孤独无助
库尔德人、阿富汗的山民

当我写下这些话时，主张妥协的一方
已经在主张不屈的一方那获得了某种优势
常见的动摇气氛，命运仍悬而未决

坟墓数量在增加，防守者数量在减少
但防守仍在持续，将直至最后一息

如果城市陷落，只有一人脱身
在逃亡的路上，他将怀揣城市，
他就是城市

我们直面饥饿的脸、火焰的脸、死亡的脸
所有这一切中最坏的——是背叛的脸

只有我们的梦未被羞辱

1982

离别的挽歌
(1990)

橡　树

三株挺拔的橡树，立于林中沙丘
我向它们寻求建议与帮助
合唱暗哑，先知都已远去
地上已无人
更能享此尊荣
因此我向你们——橡树——提出阴暗的问题
我等待命运的判决，就像曾经在多多那城①

然而我必须承认，你们那降生的仪式
让我心神不宁——哦，智慧的你们
在春末夏初时分
在枝干的阴影里
你们的孩子、婴儿成群结队地出生
嫩叶的避难所、嫩芽的孤儿院
苍白，非常苍白
比小草更纤弱稚嫩
在沙粒的大海上

---

① 古希腊城市。

孤独地、孤独地抗争
为什么不保护自己的孩童
一场霜冻就会将灾难的利剑悬在他们头顶

橡树呀,何为疯狂的十字架东征
屠婴,忧伤的甄选
这尼采的灵魂在宁静的沙丘上
沙丘足以慰藉济慈的夜莺之悲
一切看起来都在促使人们
去亲吻和解的信仰

我该如何理解你们那隐晦的暗喻
粉色小天使的巴洛克,白色胫骨的笑容
清晨时分的法庭,黑夜里的执行
生命与死亡盲目地纠缠不清
我无法容忍的巴洛克无关紧要
然而是谁在统治
是长着会计面孔而泪水盈盈的神
是卑鄙统计表的创造者
玩骰子时总是他自己赢
必然性是否只是偶然的变体
而意义只是弱者的思念,失望者的错觉

      这么多问题——橡树呀——
万千树叶,而每片叶下
都是绝望

李维之变迁

我的祖父和曾祖父如何理解李维
他们定是在正统的初中里读过他
在不太适宜的季节里
窗外的栗树正繁花盛开——如熊熊燃烧的烛台——
祖父和曾祖父的心思都气喘吁吁地奔向米佳①
她正在花园里歌唱,展示着自己的低领衫和膝下诱人的双腿
或奔向来自维也纳歌剧院的嘉碧②
她一头卷发宛若天使
鼻尖上翘,哼着莫扎特
或最后奔向善良的尤佳③
她是伤心者疗伤的港湾
没有美貌、才华和奢求
所以他们读了李维———在栗树开花的时节———
在乏味的粉笔和擦地板用的煤油气息里
在皇帝的画像下
因为那时还有皇帝

---

①②③ 女孩名。

而这帝国像所有帝国一样
看似江山永固

阅读《罗马史》时他们陷入错觉
以为自己是罗马人或罗马人的后裔
那些被征服者的子孙们同样惨遭奴役
这其中大概也有拉丁语老师的参与
他以宫廷参事的身份
穿着破旧不堪的燕尾服收集古代美德
追随李维在学生心中播下蔑视暴民的种子
人民的反抗——多么危险①——令他们厌恶不已
而所有征服看来都是理所当然
只是意味着更好更强者的胜利
因此特拉西梅诺湖之败②让他们痛惜
西庇阿的优势让他们满怀豪情
汉尼拔之死让他们如释重负
他们太轻易太轻易被引导
越过从句的堑壕
动名词掌管的复杂结构
雄辩的激流
句法的陷阱
——去战斗

---

① 原文为拉丁文。
② 公元前 217 年汉尼拔在这里击败罗马军队。

为无关自己的事业

直到我的父亲和追随他的我
读着李维反李维
认真研究壁画下面隐藏的东西
因此斯凯沃拉①戏剧化的手势
百夫长们的呐喊、凯旋的游行
都无法在我们内心激起回声
而我们较容易被失败打动
萨谟奈人、高卢人和伊特鲁里亚人②
我们历数了许多被罗马人化为齑粉的民族
他们被埋葬,毫无尊崇
对李维来说
甚至不值得在文风上稍作修饰
那些赫彼奈人、阿普利亚人、卢卡尼亚人、乌赞廷人
还有塔伦托、米太旁登、罗克里的居民们③

我父亲看得很清,我也心知肚明
某一天在边远的地方
没有上天的预警
在潘诺尼亚、萨拉热窝或者特拉比松④
在冰冷大海边的城市里

---

① 古罗马英雄,据说他冒死为罗马城解了围。
②③ 皆为被罗马征服的民族。
④ 皆为曾被罗马帝国征服的地名。

或者在潘杰希尔峡谷
将爆发当地的大火

帝国轰然崩塌

猪笼草家族

真诚的扬·雅各布是否知道这个小罐儿
——他应该知道,林奈①描写过这种植物——
那么他为何对这大自然的丑闻绝口不提

这是众多丑闻之一
也许它超越了在大自然中寻找慰藉的人
心脏和泪腺的承受能力

  这恶徒生长在婆罗洲不见天日的雨林里
  用花朵诱惑猎物,尽管那并不是花
  而是鼓胀成水罐形状的叶子的半神经

  罐口有个开合自如的盖儿,嘴唇甜蜜多情
  诱惑昆虫参加一场阴谋的宴席
  就像某个帝国的秘密军警

---

① 卡尔·冯·林奈(1707—1778),瑞典植物学家、动物学家和医生。

谁能抵挡——无论苍蝇还是人类——
斑斓的色彩，黏稠的花蜜
映衬着肉的紫白色，就像红色客栈的窗棂

高贵的店主和他美丽的妻女在哪里
他们把成群醉醺醺、满身鲜血的客人
依照各自的功绩送往天堂或地狱

一个维多利亚时代颓废主义者的宠儿
将放荡的沙龙与刑讯室结为一体
那里应有尽有——绳索、钉子、毒药、性、皮鞭、棺材

而我们与那个小罐儿和谐相处
跻身劳改营、集中营中间
至于植物世界里没有纯洁无辜
这又与我们何干

黑刺李

致康斯坦丁·耶兰斯基①

与天气预报员最糟糕的预报相反
——宽大的极地冷锋楔入大气层的底部
与生命的本能、神圣的保命战略相反
——其他植物思考着积聚力量奋力一跳
在黑压压的前线上它们聚集花苞抵御进攻——
在普洛斯彼罗②抬起手之前
黑刺李正在开始一场独奏
在冰冷空阔的大厅

路边的灌木
挑破了谨慎者的密谋
这就像
年轻俊美的志愿兵
穿着崭新的军服,鞋跟上刚沾上几颗沙粒
就在战争的第一天殒命

---

① 康斯坦丁·耶兰斯基(1922—1987),波兰散文家、文学批评家和争论作家。
② 普洛斯彼罗是莎士比亚戏剧《暴风雨》中的人物,会使用魔法唤起风暴。

就像过早陨落的诗歌之星
像被洪流冲走的学校春游团
像那些在黑暗中看到光明的人
像起义者们
不顾历史的时钟
不顾最糟糕的预言
不顾一切地发动

哦，洁白无瑕的花朵做出疯狂举动
一片令人炫目的雪雾
如巨浪排空
晨歌带着短促而持续的重复音
光环里没有头颅

是的，黑刺李呀
几个节拍
在空阔的大厅
然后是凌乱的乐谱
静卧于水坑和暗红色的杂草之中
只因无人再将它们提及

然而必须有人拥有勇气
必须有人开始

是的，黑刺李

几个纯净的节拍

这已经很多

这就是一切

为囚徒做的弥撒

致亚当·米奇尼克①

如果这是为我的囚徒们的献祭
最好让它在不恰当的地方举行

没有大理石般的音乐
没有黄金、焚香和洁白如雪

最好在泥坑旁龌龊的柳树下
当它正剪断雨雪的细丝

在被废弃的矿井里
在烧毁的木材厂里
或者在饥饿仓库里
那里从斑驳的墙上往下看的
不是审判天使
而是

---

① 亚当·米奇尼克(1946—),波兰作家、社会活动家,《选举报》主编。1981年被拘留,1982年9月3日被审判,1984年被大赦出狱。1985年2月再次被捕,被判处三年有期徒刑,1986年再次因大赦而获得自由。——原注

盐
醋

如果这当是献祭
那应该与兄弟们和解
他们在非正义的掌控下
在边缘战斗

我看到
他们明亮的身影
正慢慢移动
就像在大海深处

我看到
无所事事的双手
无所作为的手肘和双膝
阴影在上面做窝的双颊
梦中张开的嘴巴
毫无防备的后背

  我们独自在这里
  ——我的神秘宗教传播者——
  没有任何其他的祈祷者
  我看着你如何与酒杯对话
  你把绳扣系上再解开

丢掉的碎片再——找回

而我倾听
灰暗的对神的敬畏与向往
如何在我头顶
飞来飞去
沙沙作响

我们就这样持续
密谋者们

在占卜的回声中
在粗俗的回声中

在尊贵的沉默中
在钥匙执着的狂吠声中

小心脏

献给杨·约瑟夫·什切潘斯基①

我在大战期间
射出一颗子弹
它环绕地球一圈
击中我的后背

在最不恰当的瞬间
当我已然确信
一切皆已忘怀
他的/我的罪愆

须知,一如所有人
我也想从记忆里抹掉
那些仇恨的脸

我曾同暴力斗争
这历史让人喜悦

---

① 杨·约瑟夫·什切潘斯基(1919—2003),波兰作家。

而《圣经》说
——他就是该隐

这么多年的耐心
这么多年的徒劳
我用怜悯之水清洗
伤害的血污
为了让高贵之美
存在的魅力
甚至也许还有善
定居在我的内心
须知一如所有人
我也曾渴望归来
回到童年的港湾
回到纯净的国度

我从小口径武器
射出的一颗子弹
违背引力定律
环绕了地球一圈
击中我的后背
仿佛在说
——没有谁做过的事
会被轻易放过

所以此刻
我独坐在被砍倒的树干上
在那场被遗忘的战斗的
中心

我像一只灰蜘蛛
编织苦涩的思考

关于过于伟大的记忆
关于过于渺小的心脏

请　求

众神之父和你，我的守护神赫尔墨斯
我忘了向你们祈求高贵的馈赠
——而现在已太迟
这让人如此羞于启齿
如祈求滑嫩肌肤、满头浓发和杏眼星眸

请让这一切发生
好让我的生命
彻底容纳于
波佩斯库伯爵夫人
装纪念品的宝盒中
盒上有想象的牧羊人
在橡树林边
把珍珠般的空气
从牧笛中吹出

里面却凌乱不堪
发卡
父亲留下的旧手表

闭环的戒指
折叠式航海望远镜
陈年的旧信件
杯子上的金字
是为了吸引人
去马里昂巴德的温泉
漆器手杖
麻纱手绢
要塞投降的徽章
一点儿霉菌
一点儿迷雾

众神之父和你，我的保护神赫尔墨斯
我忘了向你们祈求
轻慢和无聊的清晨、中午和夜晚
请求少一点儿灵魂
少一点儿良心
和一颗轻松的头颅

还有翩翩的舞步

科吉托先生关于徽章起源的思考

之前也许——一只鹰
在红色的旷野上
还有风的号角

现在
来自稻草
来自低语
来自沙粒

没有脸
连同紧闭的双眼
幼崽

既无仇恨的黄
也无荣耀的紫
更无希望的绿

空空的盾牌

经过
小树
小词
和蟋蟀的国度

蜗牛
游荡
背上
驮着自己的家

黑暗的

不确定的

告 别

那一刻来临,已到告别时分
鸟儿飞走后,绿意突然抽离
夏日将尽——一个吉他独奏的陈腐话题

此刻我住在山坡
窗户对着一面墙,所以我清楚地看见
红柳浓密的毛发和浑身赤裸的黄花柳
这是我的堤岸

一切都在水平的条带中伸展——慵懒的河流
另一侧垂直向下的高举
终于展现出必须展现的一切

泥土、沙子、石灰岩、黑土层
还有此刻孱弱的森林、哀恸的森林

我很幸运,就是说已摆脱错觉
太阳短暂的出现,带来日落的精彩表演

这略微符合尼禄的口味

我心如止水,已到告别时分
我们的身体,染上了泥土的色彩

风　景

一个狂风大作的夜晚，一条空荡荡的大道
帕尔马公爵的军队，沿路留下马匹的尸骸
光秃秃的山上，刚被征服不久的城堡白骨森森
只有石头、沙子、粪便和漫无目标且没有色彩的风

让这风景焕发生机的是月色，深深地嵌在天空中
还有月色下那些肮脏的阴影
白色的绞架，挂着一些干瘪的尸体豆荚
风给予他们飘荡的生命，那风没有树，没有云

旅　行

一

若你正在启程，就让它是一场远行
看似漫无目标，一场盲目的漂泊
愿你不仅用双眼，也用触觉感受大地的崎岖不平
愿你以全身的肌肤，与这世界抗衡

二

请与以弗所的希腊人、亚历山大港的犹太人交友
他们会带你穿过沉寂的市集
条约之城，重重门廊
在炼金士已然熄灭的浸煮炉上方
在祖母绿色的石板上方
晃动着一行文字：Basileos Valens Zosima Geber Filalet
（黄金散尽，唯余智慧）
穿过伊西斯①微敞的门帘
走廊像镶在黑暗中的镜子

---

① 古埃及生育之神。

沉默的成人礼和纯洁的放荡
通过被废弃的神话和宗教矿井
你们将看到那些赤裸而没有象征符号的神明
死在或者说永恒于自己妖怪的阴影里

三

假如你已了然于胸，那么让你的智识且莫作声
就像一位爱奥尼亚的哲学家，重新认识这世界
品味水和火、空气和土地
因为当一切逝去，只有它们永世留存
留下的还有旅行，尽管已非你的旅行

四

那时你会觉得祖国很小
一个摇篮，一叶小舟，被妈妈的发丝系在枝头
当你提起她的名字，篝火边无人知晓
她居于哪座山后
哺育怎样的树木
当你渴望她的一点柔情
那就在入睡前重复几遍那可笑的发音
że – czy – się①
入睡之前微笑吧
向着盲眼的圣像画

---

① 典型的波兰语发音。

向着牛蒡汇成的溪流
向着小路，向着河谷草地
家已然逝去
只有云朵在世界之上飘过

五

请你发现语言的乏力和手势的王者威力
概念的无用和元音的纯净
用它们可以表达一切，遗憾、快乐、赞叹和愤怒
但不要愤怒
请接受所有

六

这是什么城市、海湾、街道、河流
生长于海上的岩石并不祈求被赋予名称
而大地像天空
风的路标，光线高低错落
小牌子碎成粉末
沙粒、雨水和青草抹平了记忆
名字如音乐般透明而不具意义
卡兰巴卡[1]、奥尔霍迈诺斯[2]、卡瓦拉[3]、利瓦迪亚[4]

---

[1] 位于希腊中北部的一个地区。
[2] 位于希腊中部的一个地区。
[3] 位于希腊北部的一个地区。
[4] 位于希腊中部的一个城市。

时钟停住,自此所有钟点都是黑色、白色或者蓝色
吸满"你的面容正在模糊"的想法
当天空在你的头上盖上印章
镌刻的文字对飞廉能回答什么
请你交回空空的马鞍,不带一丝遗憾
再把空气交还给他人

七

因此若这将是一场旅行,就让它是一次远行
一次真正的、不再归来的旅行
温习这世界,一次基础的旅行
与自然力对话,没有答案的问题
战斗后被迫达成的协议
     伟大的和解

维特·斯特沃什[*]：圣母玛利亚入眠

如暴风雨前的帐篷，被吹皱的金色袍服
火热的紫色涌起，揭开胸膛和双足
那些雪松般的门徒，昂起硕大的头颅
高处垂下的胡须，漆黑如一把巨斧

木雕匠人的手指如花绽放。奇迹在他的掌心流淌
所以人们将它置于空气——空气像琴弦般沸腾
群星在天空乱作一团，音乐也从群星中流出
然而它无法到达地面，只如明月停留在高处

圣母玛利亚正悄然入梦。走向惊异的底部
挚爱的双眼将她擎于一个纤柔的网中
她越落越高，就像光线穿过指缝
而他们艰难地俯下身，在冉冉上升的云朵上

---

[*] 维特·斯特沃什（1448—1533），德国雕刻家、画家，哥特风格晚期的代表人物之一。波兰克拉科夫圣母玛利亚教堂的圣龛是其代表作之一。

老人们的祈祷

后来之后来
你是否会将我们抛开
当孩子、女人和耐心的动物都已离去
因为无法忍受枯如石蜡的手掌

动作摇晃如蝴蝶飞舞
沉默寡言,咳嗽声就是我们的言语
那一刻将临近,当缩回眼中的世界
被他们毅然推开,就如抹去眼前的泪水,打碎玻璃
这时记忆的抽屉突然打开

我问
那时
你是否会重新拥我们入怀
因为那是一种回归,恰如回到童年的膝头
回到大树,回到黑暗的房屋
回到被打断的交谈,回到并不哀伤的大哭

我知道

这是鲜血的事业
我们这些懒惰的神秘主义者拖着双腿
弯曲的手指里拿着错误百出的赞美诗
我们努力倾听沙粒如何在静脉里洒落
白色的教堂如何在幽暗的内心里生长
它用盐、回忆、石灰和难以言说的脆弱建成
他们又会带领你
通过钟的喘息声
在燃烧的鲜花旁
那些被圣饼的味道和白色画布羁绊的人

如果难以将我们变为天使
那就把我们变成天国的狗
毛发凌乱的土狗
灰脸的飞蛾
碎石熄灭的眼睛
但别让
你的祭坛上贪婪的黑暗
将我们吞噬
请你只说这一句
说我们终将回去

科吉托先生的音乐奇缘

一

很久以前
确切地说是从降生开始
科吉托先生就臣服于
音乐那迷人的魅力

母亲的歌声
带他穿过褟褓时代的密林

乌克兰保姆们
哄他入眠的摇篮曲
如第聂伯河①般宽广无垠

他渐渐成长
仿佛被各种声音催促
置身于各种和弦

---

① 第聂伯河是欧洲第三大河。

不和谐音
渐强音①

他接受了基础的
音乐教育
尽管并不完整
《钢琴演奏技巧》
（第一册）

他记得学生时代的如饥似渴
比饥肠辘辘更加恼人
只为在音乐会之前
等待一张好心的赠票

不知从何时开始
怀疑
谨慎
自责
开始折磨他

他很少听音乐
不再像之前那样如饥似渴
随着日益增长的羞耻感

---

① 原文为英文。

欢乐之源已然干涸

创作
圣歌
奏鸣曲
赋格曲的大师们
不该对此负责

一切都已改变
事物的轨迹
引力场
连同
科吉托先生的
内在轴心

他无法进入
从前迷醉的
河流

二

科吉托先生
开始搜集
反音乐的理由

仿佛想写一篇
关于失落情感的论文

用愤怒的辞藻
喑哑和声

卸下自己的重担
抛给小提琴瘦弱的双肩

抛给明亮的面庞
诅咒的头巾

  让我们公正地评判
  她自身
  并非全无责任

  她不太光彩的起源——
  在休息时的响起
  驱赶人们去劳动
  挥汗如雨

  在竖笛和横笛的伴奏下
  伊特鲁里亚人鞭笞奴隶

  因此

她在道德上冷漠中立
如三角形的边
阿基米德的螺线
蜜蜂的生理

她抛弃三维
与无限调情
把稍纵即逝的装饰
置于时间的深渊上

它隐藏的和显现的力量
令哲学家们坐卧不安

非凡的柏拉图警告说——
音乐风格的改变
会造成社会动乱
法律的颠覆

温和的莱布尼兹安慰说——
她能令一切井然有序
是灵魂
隐藏的
算术
训练

但它是什么
它究竟是什么

宇宙的节拍
空气的激动
天降之灵药
激情的汽笛

三

科吉托先生
中止对音乐本质的思考
他未获答案

这门艺术暴君般的强权
始终让他心神不安

她带着冲动
钻入我们的内心

无端让我们忧伤
无故让我们欢喜

往新兵怯弱的心中
充入英雄的鲜血

太过轻易地宽恕罪恶
毫无代价地净化人心

——是谁赋予她这样的权利
让人撕扯头发
让泪水瞬间滂沱
激发冲锋之心

科吉托先生
注定说话如岩石般坚硬
字字铿锵
他暗暗崇敬
轻率的飘忽不定

岛屿的狂欢和树林
超越于善恶之外

分歧的真正原因
在于性格的差异

身体的对称不同
良心的旋转不同

科吉托先生
始终在防备

时间之烟的侵犯

他珍视具体的事物
静立于空间之中

他崇敬持久的
近乎不朽的事物

他把对天使话语的梦想
留在梦想的橄榄园①

他选择的一切
都遵从
尘世的尺度与判断

为在时辰到来时
能够毫无怨言地接受

真与伪的试炼
水与火的试炼

---

① 耶路撒冷橄榄山上的一个地方,耶稣曾在此停留。

关于巴拉巴*的猜想

后来巴拉巴怎样了?我的问题无人能答
他被从锁链上放下,走到白色的街道上
或许右拐了,然后往前走,再左拐
原地转圈,像公鸡一样快乐地打鸣
他是自己双手和头颅的君主
他是自己呼吸的领袖

我询问,皆因我以某种方式参与了此事
被彼拉多①宫殿门口的人群鼓惑
我也跟众人一样高喊:放了巴拉巴、巴拉巴
所有人都在喊,假使我保持沉默
情况也不会有丝毫改变

而巴拉巴也许回到了自己的匪帮
在山里杀人越货,毫不手软

---

* 《圣经·新约》中记载的一名强盗,可能其实只是一名普通罪犯。根据描述,彼拉多总督曾将他与耶稣一起带到犹太人群面前,询问释放二者中的哪一个。结果巴拉巴被释放,耶稣被判处死刑。
① 罗马帝国犹太行省的第五任总督。

或者办了一个制锅作坊
用制作黏土的过程清净
被血案玷污的双手
他成了挑水人、赶骡子的人、放高利贷者
船主——他的一条船载着保罗去了哥林多①
或者——也不能排除
成了一个拿罗马人薪饷的有利用价值的密探

你们看呀，请欣赏命运这令人眼花缭乱的游戏
关于可能性、潜力，关于微笑和运气

而那个拿撒勒人②
独自一人
面对陡峭的
鲜血之路
别无选择

---

① 今多译为科林斯，位于希腊科林斯地峡西南部，使徒保罗曾在此建立哥林多教会。
② 指耶稣。

车

这位百岁老人
在做什么
他的脸像一部古书
眼中没有泪水
双唇紧闭
守护着回忆
不让历史偷偷溜走

此刻
当冬天的群山
熄灭
而富士山正升入猎户座
昭和天皇①
百岁老人——皇帝、天神和官员
——书写

---

① 昭和天皇（1901—1989），日本天皇，1926年继位。如他的祖父明治天皇一样，喜欢写古体诗"和歌"。同时对海洋生物学感兴趣，撰写了该领域的很多学术论文。——原注

这不是
赦免的文书
也不是
愤怒的文书
或将军的
任命书
精妙的酷刑
而是参加传统诗歌
年度竞赛的
作品

现在的话题是
车
形式：值得尊敬的和歌①
五行
三十一音节

"我坐上火车
国营铁路的火车
我思考世界
我祖父
明治天皇的世界"

---

① 日本的一种诗歌，包括长歌、短歌、片歌、连歌。其中短歌有五句三十一音节。

表面看来
这首粗鄙的诗
没有生气
没有人工的雕琢

不同于
那些现代派诗人的作品
寡廉鲜耻的湿润
充满胜利的嚎叫

关于铁路的
一个片段
没有感伤
没有远行之前的匆忙
甚至没有
遗憾和希望

我想着
心已抽紧
关于昭和天皇
关于他弯曲的背
僵化的脑袋
老木偶的脸

我想着他

干渴的眼睛
枯瘦的手掌
迟钝的思想
像灰林鸮
一声鸣叫与另一声鸣叫之间的
停歇

我想着
心已抽紧
传统诗歌的命运
将会怎样前行

是否会离开
追随天皇的身影

它已行将消逝
微不足道

雄狮*之死

一

疾步如飞
穿过一望无际的旷野
头顶是低垂的天幕
和十二月的乌云
从明亮的林间空地
进入黑暗的密林
——狮子奔逃

成群的猎人
紧追不舍

疾步如飞
胡须飘散风中
神情激动
怒火熊熊

---

* 列夫·托尔斯泰的名字"列夫"原意为狮子,此处是指托尔斯泰。

狮子奔逃
跑到天边的森林
在它身后
上帝呀，宽恕吧

狂热的追捕
正在进行
这是对雄狮的
围捕
跑在前面的
是索菲亚·安德莱耶夫娜①
她浑身透湿
在清晨的自杀之后
她呼唤、引诱
"小狮子"
那声音足以
让石头变酥

在她身后
是成群的子女
来自宫廷的不速之客
沙皇的警察、神父
女权主义者

---

① 托尔斯泰的妻子。

温和的无政府主义者
基督徒、文盲
托尔斯泰的拥护者
哥萨克人
还有各种社会渣滓

女人们吹着口哨
小伙子们尖叫

地狱

二

结局
在阿斯塔波沃①小站
木门环上
铁路旁边
好心的铁路工人
把狮子放到床上

现在他已安全

小站上空
历史的灯光已经点燃

---

① 俄罗斯地名，1918年之前称为阿斯塔波沃，后改名为列夫·托尔斯泰镇。

狮子闭上了双眼
世界已与它无关
只有皮门牧师
自信满满
曾经宣誓
将狮子的灵魂
带到天堂
此刻他俯身
在狮子的身体上
发出
沉重的喘息
胸膛里可怕的回声
他狡黠地问
"现在怎么办"
"得逃跑"
狮子说
又重复了一遍
"得逃跑"
"往哪儿跑" 皮门问
"去基督灵魂的归处"

狮子沉默了
藏身于永恒的阴影
永恒的沉默

无人明白那预言
仿佛不懂《圣经》的语言

"一个民族起来反对另一个民族
一个王国反对另一个王国
一些人倒于剑下
另一些人被驱赶为奴
在所有民族之间
因为这将是复仇的时代
为了让写下的一切
都得以实现"

时辰已然到来
当告别家园
跋涉于密林
做疯狂的远航
徘徊于黑暗之中
在灰烬中艰难爬行

这是被追逐者的时刻

伟大野兽的时刻

关于钉子的童话

由于缺少钉子,王国彻底衰落
——保姆的智慧教导我们说——然而在我们的王国
早已没有钉子,现在没有,将来也不会有
无论是墙上挂画框的小钉
还是钉棺材的大钉

尽管如此,或者说多亏如此
王国得以延续,甚至令他人赞叹不已
如何能在没有钉子、纸张和绳子的情况下生活
没有砖、氧气、自由,以及其他东西
显然,王国在延续、延续

我们那儿的人们住在房子而不是岩洞里
草原上的工厂冒烟,火车穿过苔原奔驰
轮船在冰冷的大海上鸣笛
有军队、警察、印章、国歌、国旗
表面看一切都和世界上其他地方并无差异

只是表面上,因为我们的王国

既非自然的产物,也非人类的产物
仿佛建在猛犸象骨骼上坚固无比
实际上异常虚弱
仿佛停留于行动与思想、存在与非存在之间

树叶和石头,所有现实的东西都会衰落
然而幻象生命力漫长而执着
与日落日升、天体运行之道迥然不同
事物的泪水落在蒙羞的大地上

钢笔、墨水和油灯离去的挽歌

一

我的不忠委实让人难以原谅
因为我甚至不记得
在哪一天的哪一刻
抛弃了你们,我童年的好友

首先,我要谦卑地向你致意
木笔帽的钢笔
笔上涂着颜料或是一层薄薄的清漆

在一个犹太人开的小铺里
——吱扭作响的小楼梯,玻璃门边的小门铃
我选择了你
慵懒的颜色
很快
你的身体就带上了
我牙齿的沉思
学校烦心事的痕迹

银色的笔尖呀

批判性思维的萌发

抚慰人心的知识使者呀

——说大地是圆的

——说平行的直线

在售货员的盒子里

你像一条等待我的鱼

在其他鱼的群体中间

——我惊奇的是

有这么多没有主人的东西

全都哑然无语

然后

你永远属于了我

我把你郑重地放在唇边

在舌头上长久地感受

酸模①和

月亮的

味道

墨水呀

尊贵的墨水先生

你门庭显赫

---

① 蓼科多年生草本植物，欧洲和西亚大多数的草原均可见到其踪迹。

出身高贵

高如夜空

你很久才能晾干

总是深思熟虑

极其耐心

我们把你变成了

马尾藻海①

沉浸在智慧的深处

变成皱纹纸、头发、诅咒和苍蝇

为了掩盖

平静火山的气息

还有深渊的呼吁

如今谁记得你们

亲爱的朋友们

你们悄然离开

在时间的最后一个断层之后

谁提起你们心怀感激

在愚蠢地快速写作

那些傲慢客体的时代

没有魅力

没有名字

没有过去

---

① 北大西洋中部的一个海,因海面漂浮大量马尾藻而得名。

如果说起你们
那我想这样说
就像我把祭品①
挂上破碎的祭坛

二

我童年的灯光
受祝福的油灯

在旧货店里
我时而碰到你
那蒙羞的身体

你曾经是
光明的化身
是与灵知的恶魔
顽强斗争的精神
完全奉献于双眸
你明亮
透明而质朴

在容器的底部

---

① 原文为拉丁文。

煤油——古老森林产出的灵药
滑溜溜的蛇——灯芯
头上燃着火苗
少女般苗条的玻璃瓶
和铁皮制成的银盘
宛若满月一轮

你的性情
如一位美丽而可怕的公主

歌剧女主角的歇斯底里
当掌声未让她足够满足

这
平和的咏叹调
蜜色的光芒飞舞
在玻璃瓶口的上空
是天气的明亮发辫

突然
阴沉的男低音
乌鸦和渡鸦的掺入
诅咒和谩骂
灾难的预言
黑烟的暴怒

像一个伟大的剧作家,你熟悉灵感的袭来
和感伤的泥沼,傲慢的黑塔
火光、彩虹和裂开的大海
你可以毫无困难地从虚无中唤起
荒芜的风景、城市的水中倒影
有了你的默许,他们都应召而来
疯狂的公爵、岛屿和维罗纳的阳台①

我献身于你
光明的启迪
认知的工具
在夜的重锤之下

而我的另一个扁平的头
映在天花板上
满怀恐惧地看着
就像从天使的床榻
看着世界的舞台
乱作一团
恶毒
残暴

---

① 指莎士比亚笔下罗密欧与朱丽叶约会互诉衷肠的阳台。

我想
在洪水来临之前
应该保全
一件
细小
温暖
忠诚的
物件

为了让它能够延续
而我们置身其中就像在贝壳里

三

我从未相信历史的灵魂
臆想出有着凶手眼神的妖魔
刽子手锁链上的辩证怪兽

我不相信你们——启示录中的四骑士
沿着大地和天空草原驰骋前进的匈人
沿途破坏值得尊敬的、古老的和毫无防备的一切

我花费多少岁月去了解历史的粗鄙
单调的巡游和不平等的战斗
恶棍率领愚蠢的民众
反对一小群正直和理智的人

我所剩无多
非常少

物品
和同情

我们轻率地抛弃童年的花园、物品的百花园
逃跑时遗失了手稿、油灯和钢笔的尊严
这就是我们看似正确的旅行在虚无的边缘

  笔尖过时的钢笔,请原谅我的忘恩负义
  而你,笔盒——里边还有那么多美好的回忆
  原谅我,油灯——你在回忆中熄灭就像被遗弃的营地

  我为背叛付出了代价
  那时的我并不知道
  你们就此将永远离去

而且
将会漆黑如此

罗维戈
（1992）

致亨利克·艾尔赞贝格*百年诞辰

假如没有遇见你,我会成为什么人——我的导师,亨利克
这是我第一次对您直呼其名
带着归属于那些高大身影的虔诚与尊敬

可能终其一生,我都是个可笑的男生
总是在寻找
拘谨寡言、自惭形秽
懵懵懂懂

我们生活的时代,的确只是痴人说梦
充满了喧闹和暴行
你严厉的平和、细腻的力量
教会我如何苟活于世,像一块会思想的石头
坚韧冷漠又不乏柔情

你的周围充斥着诡辩家和用锤子思考的人
玩弄辩证法的骗子和虚无的信奉者——你注视他们

---

* 亨利克·艾尔赞贝格生于1887年9月18日。——原注

透过泪光盈盈的眼镜
原谅与不原谅的目光彼此交织

  我始终未能说出一句发自肺腑的感激
  直到在病榻上——人们告诉我——你还在等一个学生的声音
  在塞纳河畔人造光源的城市里
  残暴的保姆们正将那学生置于死地

  但是律法、墓碑、修道团——长存
  让赞美归于
  你的前辈和少数爱过你的人

  让赞美归于你的典籍
  它们为数不多
  散发光辉
  比青铜更永世长存

  让赞美归于你的摇篮

书

献给雷沙德·普日贝尔斯基[①]

这本书温和地提醒我
不许我过快地跑进流淌的词组节拍
命令我回到开始,从头再来

半个世纪以来,我潜心研究《圣经》的第一卷第三章第七行[②]
总是听到一个声音:你永远也无法确切了解《圣经》
我一个字母一个字母地重复——但热情时常止息

书用耐心的声调教导我:
在灵魂之事上,最糟的就是急切
同时又安慰我说:你还有大把的岁月

它说:忘掉等待你的还有很多书页,
很多卷册,很多泪水,很多图书馆

---

① 雷沙德·普日贝尔斯基(1928—2016),波兰散文家、翻译家,波兰和俄罗斯文学史研究家,波兰科学院文学研究所教授。
② 《圣经》第一卷为《创世记》,第三章第七行为:"他们二人的眼睛就明亮了,才知道自己是赤身裸体,便拿无花果树的叶子,为自己编织裙子。"

认真阅读第三章,因为那里边有钥匙与悬崖,起始与终结

它说:不要吝惜眼睛、蜡烛、墨水
认真抄写一段一段的诗句
精确复制那些难以理解、有三重含义的苍白词句,
就仿佛将它们倒映在镜子里

我绝望地想,我既力有不逮,又无足够耐心
艺术方面我远不如自己的兄弟
我听到他们在头顶的嘲笑,看到他们讥讽的眼神

在一个迟来的冬日清晨——在我重新开始的时分

奥威尔[*]的相册

那个埃里克·布莱尔日子过得不太好
所有照片上的表情都忧心忡忡
从伊顿公学到牛津,一个不起眼的学生,然后在殖民地当兵
在那里他把大象的数量减少了一头
吊死那些反抗的缅甸人时他当过帮手
他详细描述了这件事。然后是西班牙战争,他投身无政府主义者的队列中
有这样一张照片:战士们站在列宁故居前
他在画面的深处——出奇的高,也很孤独

遗憾的是他研究巴黎和伦敦的贫困现象时没有留下相片
通过这个漏洞可以有很多猜测

终于有迟到的名望,甚至是财富:
我们看到他牵着狗,带着孙子。他的两任漂亮妻子

---

[*] 乔治·奥威尔(1903—1950),本名埃里克·亚瑟·布莱尔,英国作家,新闻记者和社会评论家。

在巴恩希尔①农舍，他躺在一块石头下

没有一张度假照——网球鞋和阳光里的游艇
游戏的呼唤。好吧。幸好没有他在医院的照片
床铺。毛巾的白色旗帜在血迹斑斑的嘴边
然而他永不屈服

他像钟摆一样耐心地走
忍受着某场会见的痛苦

---

① 朱拉岛上的一个村庄，该岛是内赫布里底群岛中的一个，位于苏格兰海岸西北方向，属于英国领土。——原注

生 平

我曾是个沉默的小伙儿，有些睡意蒙眬——这很奇怪——
与同龄人截然不同——他们喜欢奇遇冒险——
而我不期待什么——甚至不向窗外看上一眼

在学校里——与其说才华横溢，不如说勤奋刻苦，听话的孩子毫无问题

然后是小职员的平凡生活
清早起床、大街、有轨电车、办公室，然后又是有轨电车、家、睡觉

我不知道，真的不知道这疲倦、不安、痛苦从何而来
始终存在，即便是现在——当我有权休息的时候

我知道我并未走得太远——什么也没实现
我集邮、采草药，象棋下得不错

去过一次国外——度假——在黑海边
照片上的我戴着草帽，晒得黝黑——近乎幸福

我阅读手边的一切：关于科学社会主义
关于宇宙飞行、会思考的机器
还有我最喜欢读的：关于蜜蜂一生的书

和其他人一样，我想知道死后的事
能否得到新房，也想知道生活是否有意义

最重要的是如何区分善恶
分清什么是黑，什么是白

有人给我推荐了一本古典学家的著作——如他所说——
这部著作改变了他和千百万人的生活
我读了——没有改变——羞于承认——
我已经彻底忘了那位古典学家的姓名

也许我没生活过——只是延续曾经——没有意志的参与
被抛入什么东西里——难以控制和无法理解的东西
就像墙上的影子
所以那不是生活
完整意义的生活

我怎能向妻子和他人解释
我曾竭尽全力
只为不做傻事，不屈从于聒噪

不与强者联手

的确——我始终面色苍白。平凡。在学校,在军队
在办公室,在自己家,在舞会上

  此刻我躺在医院里,已行将就木
  同样的不安和痛苦仍然伴随着我
  假如我能再次降生,也许会好些

半夜醒来,大汗淋漓。注视着天花板。万籁俱寂
又来了——再一次——我用筋疲力尽的手
驱开罪恶之魂,呼唤善良之魂

太平洋（三）*
致和平大会

在黑夜的山洞里
如全副武装的手臂般
粗大的枝干上
果实正在成熟
它碾碎人们的梦
那些在树下安睡的人
浅色头发和毫无戒备者的梦

果实摇晃着膨胀起来
发出金属的警报声
像仇恨的面孔变得灰白

粗大的枝干即将干枯
成熟的果实将会滚落
落到不成熟者浅色的头上

---

* 赫贝特以"太平洋"为题的诗共有三首，这首诗是第三首，另两首仅在刊物上发表，未收入任何诗集。

诗人是那些沉睡者的守护人
痴迷于这恐怖的夜晚
他颤抖着,在颤抖的手中握紧

艾乌斯塔赫①的小号
用它可以漂亮地吹响
献给蚊子的清晨起床号

---

① 中耳的一部分,也称耳咽管。

科黛*小姐

穿着如岩石般的灰色长裙——夏绿蒂——草帽
两个蝴蝶结紧紧系在颌下——向马拉①俯下身
快似流星——瞄准公正

墙外是城市的笃笃声,革命的鼓声

而远处——森林——田野——溪流——羽毛般的云朵
——空气低垂——野生羽扇豆——蜀葵

一切都一如往常
    在这个难以挽回的日子

车上的科黛小姐身体僵直
按照法庭的命令——穿着弑父者的裙装
穿过狂叫的人群,无数的杂物扔到脸上
在一个闷热的日子,穿过巴黎走上刑场

---

* 夏绿蒂·科黛(1768—1793),亲手刺杀了法国大革命时期的活动家马拉。
① 让-保尔·马拉(1743—1793),法国大革命时期著名的活动家和政论家。

穿行在诅咒谩骂之间,却仿佛有一顶王冠
戴在了一头短发上

她应该得到一座纪念碑或者至少是方尖碑
只为她来自传说的时代
当希腊或罗马的作家们
借着油灯或者烛光阅读的人们
早已达成共识并且深信
维护自由是件荣耀的事

科黛小姐整夜阅读普鲁塔克的书
并且当了真

我的祖先们的手

我的祖先们的手,在我内心不知疲倦地工作
那些细长有力、瘦骨嶙峋的手
惯于操控骏马,舞弄刀剑

——哦,这平静多么庄严——致命的一击

我的祖先们的手,它们想说些什么
来自冥界的橄榄色的手
一定是让我不要投降
所以他们在我内心工作
像在揉面来做成一块黑面包

超乎我想象的
是他们粗暴地将我推上马鞍
双脚塞进马镫

狼
致玛利亚·奥贝尔茨①

按照狼的法则生存
关于他们的历史哑然无声
只在泥泞的雪地里
留下黄色的尿液和这狼的足迹

比射向后背的背叛子弹更快
复仇的绝望击中了心脏
他们喝着家酿的烈酒,吃着粗粮
就这样顽强地与命运对抗

"黑暗"已成不了农学家
而"黎明"——会计
"马鲁霞"——母亲,"雷声"——诗人
雪花让他们年轻的头颅早生华发

厄勒克特拉没有为他们痛哭失声

---

① 波兰哲学家、逻辑学家伊泽朵拉·东布斯卡的朋友。

安提戈涅也没有为他们垒起坟茔
他们将永世如此
长眠在深深的雪中

他们输掉了自己在白色林中的家
从那里吹来细碎的雪花
无须为我们悲伤——为那些小职员吧——
抚摸他们杂乱的毛发

他们按照狼的法则生存
关于他们的历史哑然无声
黄色的尿液和这狼的足迹
永远留在了善良的雪中

扣　子

悼念爱德华·赫贝特上尉①

只有不屈的扣子
得以死里逃生
这些罪行的见证人，从深处来到表层
他们坟茔上唯一的纪念碑

它们的存在是为了作证
上帝将它们一一数清，对他们表示怜悯
然而当他们只是一抔泥土
如何让身体死而复生

小鸟飞过，云朵飘过
树叶零落，蜀葵萌芽
高处寂静无声
斯摩棱斯克②的森林烟雾升腾

---

① 爱德华·赫贝特是诗人的侄子，在"卡廷事件"中遇害。
② "卡廷事件"发生地。

只有不屈的扣子
沉默合唱团发出的强音
只有不屈的扣子
来自风衣和军服的扣子

费拉拉*上空的云
致玛丽亚·热平斯卡①

一

它们洁白如雪
修长如希腊的小船
一如刀削斧砍

没有桨
没有帆

当我第一次
在基兰达奥②的画上看到
我以为
那是想象之物
是艺术家的梦幻

---

*　意大利城市。
① 玛丽亚·热平斯卡（1914—1993），波兰艺术史家和艺术评论家。
② 多米尼哥·基兰达奥（1448—1494），意大利文艺复兴时期画家。

但它们存在

洁白如雪
体态修长
一如刀削斧砍

落日给它们镀上色彩
血色
铜色
金色
蓝绿色

黄昏时分
它们被洒上
细碎的
紫色
沙粒

它们移动
非常缓慢

几乎静止

二

在生活中

我无法选择任何东西
按照自己的意愿
自己的知识
良好的本意

无论是职业
历史里的庇护所
解释一切的体系
还是许多其他事物
因此我选择了地点
大量的停留之地

——帐篷
——路边旅店
——无家可归者的收容所
——客房
——露营①
——修道院客房
——海边招待所

各种车辆
像东方童话里的
飞毯

---

① 原文为拉丁文。

将我
从一个地点
带到另一个地点
我时而如梦如痴
时而惊奇赞叹
时而又被世界之美痛苦熬煎

实际上
这是一场致命的远征

错综复杂的道路
看上去漫无目标
地平线不断逃离

而此刻我清晰可见
费拉拉上空的浮云
洁白如雪
修长
没有帆
几乎静止

它们缓缓移动
却充满自信
向着未知的
海岸

命运的
决断
存在它们中间
而非星星之中

讲　经

肥腻的牧师在布道台上滔滔不绝
身影落上教堂的墙壁
上帝的子民们听得热泪盈眶
明烛高照，圣像闪耀，唱诗团沉寂

那些话语在人们的头顶上流淌、飞升
祭司的语言器官何等奇异
既非女性也非男性更非天使
嘴中流出的水也并非约旦河水

对神甫来说——神甫呀——这一切如此简单
上帝创造苍蝇，为让小鸟果腹
上帝赐予孩童，既为孩童也为教堂
简单的手——简单的鱼——简单的网

或许该对沉静的信众们这样说
许诺——慈悲的雨露——光明——奇迹
然而也有些不恭顺的人表示怀疑
让我们坦诚些——他们也是上帝的子民

神甫呀——我曾四处将他找寻
在雨骤风狂的夜晚迷失于巨石之间
渴饮黄沙,饥餐岩石,孤身一人
唯有燃烧的十字架兀自在高处延续

我遍览了东西方圣贤的著述
对天堂的描述过于甜蜜——恐怖的记录
我本以为从书卷的篇章中将诞生预兆
但他默不作声——圣子让人难以参透

神甫大概不会将我葬于圣地
——大地如此宽广,我将独自安息
我将去往远方——跟那些异教的犹太人一起
悄无声息地卷起生命中所有无用的东西

牧师在布道台上说来说去
他对我说——兄弟,他对我说——你
而我真的只想警告一句
我不认识他,很对不起

亚当·扎加耶夫斯基*的明信片

亚当,谢谢你从弗赖堡①寄来的明信片
上面的天使身披白雪的法衣
用一只巨大的号角宣告四方
腌臜龌龊的居民楼将遭到攻击

它们已越过地平线,逐渐靠近不可阻挡
为的是夺取你和我的讲台

切尔诺贝利、诺瓦胡塔②、杜塞尔多夫的那些龌龊楼房

我仔细地想象你此刻在做着什么
在给一小撮信徒诵诗,因为还有信徒:
"非常感谢你,扎加耶夫斯基先生。""真的非常感谢!"
"谢谢。""不客气。""真的非常非常感谢!"③

---

* 亚当·扎加耶夫斯基(1945—),波兰当代著名诗人、小说家、翻译家和散文家。
① 德国地名。
② 波兰南部城市名,意为"新钢厂",波兰钢铁工业基地之一。
③ 原文为德文。

你瞧，与悲惨的阿多诺①臆想出的截然不同

一个滑稽情景，你不说 drzewo② 而说 der Baum③
不说 obłoki④ 而说 die Wolken⑤，不说 słońce⑥ 而说 die Sonne⑦
为了让不确定的联盟延续，必须如此
为了保全画面，舍生忘死的音变又何足为奇

那么说你在弗赖堡，我也到过那里
为了轻易挣到买纸和面包的钱
我把天真的错觉藏在愤世嫉俗的心底
以为自己是位使徒，正在进行一场公务之旅

   美应该属于听我们布道的那一小撮
   但还有真理
   就是说——恐怖

当那一刻来临时
但愿他们充满勇气

---

① 狄奥多·阿多诺（1903—1969），德国社会学家、哲学家，同时也是音乐家和作曲家，法兰克福学派代表人物。
② 波兰语："树"。
③ 德语："树"。
④ 波兰语："云"。
⑤ 德语："云"。
⑥ 波兰语："太阳"。
⑦ 德语："太阳"。

那身披初雪法衣的天使,实际上是毁灭天使
号角举到嘴边,召唤烈火
我们的诅咒祈祷护身符念珠都毫无用处

最后时刻正在到来
托起
祭品
分离的一刻

我们将分别登上熔化的天空

中 欧
致亚历山大·申克尔[①]

不知是用血肉还是羽毛
这一切都去往何处
中欧
似乎忽明忽暗
又仿佛完全来自
伊索寓言

有过一个皇帝
一个什么哈布斯堡·奥托
很不错的一个人
还有那些过剩的波旁家族
然而实话说
不太是那么回事

所以这个给大众的游戏

---

① 亚历山大·申克尔（1924— ），美国斯拉夫学者，耶鲁大学斯拉夫语言学教授，对美国斯拉夫学的发展做出了卓越贡献。

令人们愤慨或者高兴
在需要时的突然出发
出现在地平线上空
沿着蓝色的弧线移动
就像月亮划过天空

让孩子们的彩色玩具
老人们思念的梦
再亮一会儿
然而坦率地说
这一切我并不相信
(我在向你们的耳朵袒露心扉)

致彼得·武基吉奇*

实际上没什么好遗憾的
彼得,对此你心知肚明
我这话并非对你,而是通过你告诉别人

半个世纪来你比我
更了解我的内心
你对它们的诠释总是无比耐心

在留比涅①的奇卡街附近
在那个河边的白色城堡里
那条河如今又血浪翻滚

我们促膝长谈
思绪飞越阿尔卑斯、喀尔巴阡和多洛米蒂的重重山峦

---

* 彼得·武基吉奇(1924—1993),塞尔维亚的波兰文学翻译家,兹比格涅夫·赫贝特的挚友,曾翻译出版赫吉特的诗集《科吉托先生》(萨拉热窝,1988),居住在贝尔格莱德。武基吉奇是一位内心敏锐而极其低调的人。他总是以迂回的方式帮助别人,使别人不会去感激他。"他不希望得到别人的感激。"赫贝特在自己的回忆录中这样写道。—— 原注

① 今属马其顿的一个村庄。

而如今已到垂暮之年
我作些小诗消遣
而这首小诗献给你

我听到一位老人朗诵荷马的诗篇
我认识那些像但丁一样被流放的人
我在剧院看了所有莎士比亚的戏剧
我办到了
可以说是运气使然

请你向别人解释
说我一生圆满

备受苦难

恐龙旅行

致杨·阿达姆斯基[①]

——孩子们进来——
研究恐龙的
发展心理学硕士
喊道

听话的孩子们
像春天的生菜般青葱
听话地站成一排
彼此抓紧汗涔涔的小手

来自士官学校
体格健壮的表兄们
走在两侧
那些像猴面包树一样横向扩展的母亲
三层楼高的阿姨

[①] 杨·阿达姆斯基,波兰演员、作家,兹比格涅夫·赫贝特在雅盖隆大学的同学,生卒年不详。

神情沮丧的父亲
他们唯一的工作
就是乏味地
延续种群

幼稚学校的
领导和
创立者
寒武纪索邦大学的
高级博士
走在
前头

过一会儿
他们会走进一片林间空地
领导将发表
提纲挈领
关于互助的优点

风景的确怡人
在人群的上空
绿色的柔和之旗
轻轻飘拂

神一般的环境平衡

充足的氧气
氮气的合理比例
和一点点氦气

散步在持续、持续
几百万年

 但此时
 一个真正的
 妖怪
 登上
 舞台
 一只人面恐龙

 想法
 迅速地
 化为
 现实的罪行

 整个田园牧歌
 被一场枯燥的杀戮
 终结

致耶胡达·阿米亥*

你是国王,而我只是个王公
没有土地和信任我的人民
我整夜无眠,四处游荡

而你是国王,你注视着我
带着友善和忧心——在这世上
我能流浪多久

——很久,耶胡达,直到尽头

甚至我们的手势也各不相同——悲悯的手势

---

* 耶胡达·阿米亥(1924—2000),杰出的以色列诗人。1924 年出生于维尔茨堡,1935 年随父母移居巴勒斯坦。18 岁时加入英军犹太军团,在北非参加了对德作战,也参加了1948 年的解放战争。他在耶路撒冷希伯来大学学习了圣经学和希伯来文学。1955 年出版首部诗集,题目可以翻译成《今天和未来的日子》。他是第一个将口语引入诗歌的希伯来诗人。共出版了 15 本诗集、2 本长篇小说和几本儿童读物。2000 年 9 月在耶路撒冷去世。

1988 年 6 月,两位诗人在鹿特丹举行的国际诗歌节上会面。1991 年 4 月 30 日,耶胡达·阿米亥在耶路撒冷范里尔研究所主持了"兹比格涅夫·赫贝特诗歌见面会",第二天,即 5 月 1 日,他还参加了给赫贝特颁发耶路撒冷奖的仪式。2000 年,波兰出版了他的诗选《柑橘季的终结》——原注

轻蔑的手势、理解的手势
——除了理解我对你别无所求

当黑夜燃尽,群狗狂吠
守卫们在山间游走
我在篝火旁入睡,枕着拳头

羞　耻

当我重病在身，羞耻就离我而去
我把身体的那些可怜秘密，袒露给陌生的手臂
陌生的眼睛，没有丝毫的抗拒

他们尖锐地进入我的身体，扩张我的屈辱

我的法医教授曼采维奇是一位老先生
每当从福尔马林池中捞出自杀者的尸体
他总是俯下身去仿佛想说对不起
而后以一个熟练的动作打开那完美的胸腔①
那呼吸的大堂已然沉寂

细腻得几近充满柔情

因此——他忠于死者尊重灰烬——我理解
希腊公主的愤怒和顽强的抵抗

---

① 原文为希腊文。

她有道理——兄弟应获得一场尊严的葬礼

双眼已经被小心地盖上
大地的葬衣

誓 言

你们让我永难忘怀,昙花一现的女士们
在人群中楼梯上集市里地铁的迷宫中还有车窗外
那惊鸿一瞥
   ——宛如夏日闪电——天气的预言
   ——宛如美景倒映湖中更添娇俏
   ——宛如镜中的景象
    在真实之物
    与勉强预感之物联姻的一刻
   ——舞会上
    乐团沉寂
    而晨曦把未曾点亮的蜡炬
    放上窗台

你们让我永难忘怀——欢乐的纯净之源——我得以生存也全赖你们小鹿般的双眼——嘴唇,而非我温柔地挑选着银鱼的黝黑双手

  安提拉的少女,我对你印象最深

虽只是一面之缘,你以卖报为生①
我屏息静气默不作声——为的是不惊扰你
片刻之间我曾想——随你同去
或许能把世界换个天地

你们让我永难忘怀——
惊鸿一瞥顾盼生辉
低头瞬间那无限的娇羞
还有如温巢般的双手

在忠实的记忆里我反复回忆
那些永远神秘的无名面容

还有玫瑰花

在黑色的
头发之中

---

① 原文为法文。

镜子在大路上游荡

纪念莱昂波尔德·蒂尔曼德①

一

他们说——
艺术是面镜子
常在大路上游荡

忠实地映照现实
这奇异的双脚镜

我们因而了解
阿普列乌斯②常去的小酒馆
中世纪的伦敦
堂·吉诃德的艰难旅程
那些感伤的旅行
和丛林深处的探秘

---

① 莱昂波尔德·蒂尔曼德（1920—1985），波兰犹太裔小说家。
② 阿普列乌斯（约123—约180），古罗马作家、哲学家，著有《金驴记》《论世界》《论柏拉图的哲学》等。

有时艺术反映海市蜃楼

极光

痴狂者的心醉神迷

众神的盛宴

无底的深渊

它也和历史较量

胜负难解难分

力图将它驯服

赋予它人的意义

由此诞生了芭蕾

乐团

栩栩如生的绘画

各种各样的小说

还有诗篇

  镶在沉重的镀金画框里

  朱砂描绘的列奥尼达浴血的士兵们①

  合唱团在贝多芬歌剧院

---

① 指雅克·路易·大卫的画作《列奥尼达在温泉关》。

高歌自由

在波罗底诺受伤的公爵①
不肯
坠落尘埃

艺术力图使人高贵
提高境界
讴歌、舞蹈、说教

那腐朽的人类物质
和暗红色的痛苦

二

这就是芭蕾舞

斯威特瓦娜从一个点②
缓缓升起
宛如轻纱的云朵停留许久
周围一片赞叹之声

这一切都在冬季的宫殿里

---

① 指华沙公国的军队统帅，被拿破仑授予法国元帅头衔的约瑟夫·波尼亚托夫斯基公爵。
② 原文为法文。

前身是马戏团的屠宰场
昨天这里还一片漆黑
因为那些应召而来受难的人们

冰上的芭蕾舞——
永恒的回旋
圆圈时而敞开
时而闭合

牺牲者与刽子手的经典双人舞
罗曼诺夫王朝最后的女子
与英俊潇洒的契卡①分子翩翩起舞

马戏团——

铃声

空气的底层

无名的杂技演员
登上了固定的节目单

（非政治化的）野兽们

---

① 苏联的一个情报组织。

正好登场

观众掌声雷动
跟往常一样出于恐惧
也是由于——这毫无可能

　　海狮显然有些厌倦

　　北极熊带来一点儿人的温暖

霍达谢维奇*

我的一个熟人,来自斯拉夫诗人选集
(我不记得他的诗但记得那里的湿气)
他当年声名鹊起,也善于追名逐利
这无可厚非,但什么才是他的生命原理
我们回答说,他是个一切混杂在一起的杂交品种
精神和肉体上方和下方纠缠在一起难舍难离
时而左派时而天主教徒
时而男人时而女人加上一半俄国人一半波兰裔

他的戏剧,开头和结尾都是惊异
惊异于霍达谢维奇的出生和存在都吉星高照
另一些惊异则比较糟糕
关于认同感,关于与根的一致性问题
他也不知道自己是何许人——霍达谢维奇
穿越宇宙从生到死
像棵水草漂泊在汹涌的波涛里

---

* 霍达谢维奇(1886—1939),俄罗斯诗人、小说家、文学评论家、翻译家。代表作有《星星闪动,和风颤动》《寻找我吧》《镜子前》。

霍达谢维奇写诗时而美妙时而糟糕
而后者有时也能让人喜欢
诗里该有的一切全都有——感伤
激昂、抒情、经验、恐怖
间或有烈焰升腾
然而许多都承载着留言簿的灵魂

霍达谢维奇也写散文——上帝慈悲
笔下的童年甚至很美
然而他过于关注问题
天晓得干吗让斯维登博格①跟黑格尔实现和谐
就像反复读几本书的大学生却从来没读进去

他天生是个移民
就像某个生就的艺术家或者神圣的恶棍
本来是个小贵族,有位亲戚
而那位亲戚又是个伯爵或者类似的人
每当说起他霍达谢维奇就满怀温情
赞叹他的孤傲和爱思考的特性
说他用法文创作住在巴黎,身边情妇成群

侨居海外作为一种生存形式是件有趣的事
屋顶下没有朋友没有亲戚

---

① 斯维登博格(1688—1772),瑞典科学家、哲学家、神学家。

生活中不受制裁没有义务
每个人都会承认祖国在我们的肩头压力千钧
昏暗的历史隔代遗传伤透了的心
远不如活在镜子里无所恐惧
梅雷日科夫斯基说着梦话齐娜依达展示美腿

  终于,霍达谢维奇死在了什么俄勒冈州
  在山的那边海的那边,他彻底死去
  重重浓雾笼罩了他有力的尸体

  他那押韵的呱叫来自云端

科吉托先生依题而作《朋友们离开》

纪念弗瓦迪斯瓦夫·瓦尔赤凯维奇①

一

科吉托先生
年轻时
朋友众多
他对此倍感骄傲

一些人在山那边
才华横溢,家财万贯
另一些人
比如最忠诚的弗瓦迪斯瓦夫
像教堂的老鼠穷困潦倒

但所有人
都被称为

---

① 弗瓦迪斯瓦夫·瓦尔赤凯维奇(1892—1940),波军军官,曾参加第一次世界大战和第二次世界大战,1940年在卡廷遇害。

朋友

共同的品位
共同的理想
相似的性格

那时
在那久远的岁月
幸福的血色青春
科吉托先生
有理由认为
通报他牺牲的
带黑框的信
会让他们
悲痛万分

他们会从四面八方赶来
举止老套犹如来自日历
身上穿着
僵硬的悲苦

他们将
与他同行
沿着撒满
碎石的小路

穿过
柏树
黄杨
松树

抛一束鲜花
在湿沙培起的
那座坟丘

二

年华飞逝
岁月无情
昔日旧友
日渐凋零

他们离去
成双成对
成群结队
或一人独行

一些人变得苍白如圣饼
失去了凡世的维度
或突然
或缓慢
移居到

蔚蓝的国度

其他人
选择了
快速导航地图
选择了安全的港湾
从此
科吉托先生的
视野里
他们已踪迹皆无

科吉托先生
不责怪任何人

他知道必将如此
是自然秩序使然

(他可以发自内心地补充说
牢固情感的消失
严酷的历史
明确选择的必要性
这些决定了
朋友的分道扬镳)

科吉托先生

没有不满
没有抱怨
不责怪任何人

只是感觉
有些寂寥

却也更加澄澈

三

友人们的离去
科吉托先生
处之泰然

就仿佛是一条
慢慢死去的
自然法则

还剩下几个
都经过水与火的淬炼

跟那些永远离去
去往
经验王国城墙之外的人
他保持着

活跃而友善的关系

他们站在他身后
审慎地观察他
严厉但善意

假如少了他们
科吉托先生
定会坠入
放弃的
谷底

他们仿佛构成一道背景
在这道鲜活的背景中
科吉托先生
向前迈出半步
不超过半步
宗教中对此有个术语
叫圣徒相通

科吉托先生
远非圣徒
只是与那些不动者
保持同步

而他们像合唱团

在这个合唱团的背景上
科吉托先生
低吟
自己的
告别咏叹调

科吉托先生的日历
致兹比格涅夫·扎帕谢维奇①

一

科吉托先生
有时会翻看
自己那些
袖珍旧日历

这时他出发
仿佛乘着白色汽船
去往完成的过去时

前往自己不可思议的本质的
地平线边缘

  他在黑暗画面的
  遥远背景上

---

① 兹比格涅夫·扎帕谢维奇(1934—2009),波兰著名演员。

看到自己

科吉托先生
在体验各种情感
仿佛是遇到了

一个早已死去的人
或是不慎读到了
别人的日记

他确认大地旋转的铁律
确认四季更替的结局
确认钟表无情的嘀嗒

还有自己那条人生轨迹
若有若无断断续续
对此他没有丝毫的满足惬意

在那个值得纪念的日子
(爱人的命名日)
太阳在六点三十五分
准时升起
在八点二十一分
坠入大地

然而
对姑娘的记忆
已然朦胧
勉强记得姓名
眼睛的颜色
雀斑
小手
微笑
却不总是有意义

日历上记载详细
有一轮新月如钩
这一点确凿无疑
但她和他是否在一起
还有花园和满树樱桃

二

那些私人笔记
让科吉托先生心生不安

大厅
会见莱奥波尔德①
递交护照申请

---

① 赫贝特在日记中只简单提及过此人,并不能确定指的是谁。

但越是深入
抵达自我意识的隐秘角落
科吉托先生渐渐发现
有几个月
没有任何记录
哪怕是最平淡的文字
例如——送内衣去清洗
——或是买把香葱

没有一个符号
没有一个电话号码
没有一个地址

科吉托先生
心知肚明
这预示不祥的
寂静

他深知
那些瞎眼的
苍白的
纸片的
分量

他本可毁掉这空白
随便记上点儿什么

科吉托先生
小心地保存
这些灰蓝色的日历

——犹如射完了弹药的弹壳

——荒诞疾病的数据图

——犹如记录大屠杀的笔记簿

阿喀琉斯·彭忒西勒亚*

阿喀琉斯用短剑刺穿了彭忒西勒亚的胸膛,他将兵器——像应做的那样——在伤口里转了三圈,突然亮光一闪——他看到这位亚马逊人的女王美丽非凡。他小心地将她放在沙地上,摘下沉重的头盔,散开长发并温存地将她的双手放在胸前。然而他没有勇气给她合上双眼。

他又看了她一眼,以告别的目光,仿佛是受外力强制,他泪水涟涟——无论是他本人还是这场战争中别的英雄都不曾如此哭泣——用一种静默而恳求、低沉又无助的声音,哭声中回旋着控诉和忒提斯之子所不懂的——懊悔和惋惜的低吟。这首哀歌拖长的元音像缤纷的落叶飘洒在彭忒西勒亚的脖颈、胸前、膝头,包裹她那不断变僵的身躯。

她自己准备到不可思议森林去进行永恒狩猎。她那还未闭上的双眼远远地注视着胜利者,带着执拗的、蓝色的——仇恨。

---

* 彭忒西勒亚是希腊神话中亚马逊人的女王。

埃克塞基亚斯*的黑色图案作品

狄奥尼索斯在葡萄酒般殷红的大海上驶往何方
在葡萄藤的标志之下他去往怎样的岛屿
畅饮葡萄酒而酩酊大醉的他一无所知——因此我们也无从知晓
山毛榉树干做的飞舟乘着海浪向何处行驶

---

* 希腊阿提卡地区著名的制陶匠人和花瓶画师,使用黑色人物画技法,创作时间大约在公元前550年至公元前525年之间。现存9件他署名的作品,其中有展现阿喀琉斯和大埃阿斯玩骰子的陶罐,以及本诗中提及的现存于慕尼黑国立古代艺术博物馆的大酒杯——《狄奥尼索斯渡海》等。——原注

致切斯瓦夫·米沃什

一

旧金山海湾上空——群星闪闪
清晨的雾霭将世界分成两半
不知哪一半更好更重要,哪一半更糟
甚至不能窃思二者并无差别

二

众天使从天国降临人间
哈利路亚
当他将自己倾斜的
疏散的字母
书写在
蔚蓝之间

罗维戈*

罗维戈车站。模糊的联想。歌德的戏剧①
或是拜伦作品中的某个片段。我途经罗维戈 N 次
恰恰在第 N 次的时候明白
在我的内心地理学上,这是个特殊的地点
虽然与佛罗伦萨相距甚远
我从未踏足这片土地
罗维戈总是在接近或向后逃离

那时我正痴迷于帕多瓦圣乔治教堂里
阿蒂吉耶罗②的壁画
对弗拉拉③也一往情深

---

* 意大利威尼托大区罗维戈省首府。
① 这里似乎是指歌德的《柯拉维果》。——原注
② 泽维奥的阿蒂吉耶罗(1340—1393),壁画画家,出生于维罗纳地区的泽维奥。他在维罗纳和帕多瓦从事绘画创作。1372 年,索拉尼亚的卢皮家族委托他完成帕多瓦圣安东尼大教堂中圣雅各礼拜堂里的壁画。此项工作于 1374 年展开,与他合作的是雅各布·阿万兹。作品大约于 5 年后完成。阿蒂吉耶罗的另一件杰作是圣乔治教堂里的壁画,该教堂与大教堂毗邻。作品完工时间是 1384 年 5 月 30 日。他晚年生活于维罗纳,在那里可能还创作了圣芝诺教堂里的壁画《十字架受难》。兹比格涅夫·赫贝特曾想写关于阿蒂吉耶罗的一篇散文,但未及完成。——原注
③ 意大利北部城市。

因为它让我想起惨遭劫掠的父辈的城市。
我生活在过去与当下之间
反复被地点和时间钉上十字架

幸运的是始终坚信
牺牲不会徒劳无益

罗维戈毫无特别之处
它只是平凡的杰作，笔直的街道丑陋的房屋
唯有城市的前方或者后方（取决于火车行驶的方向）
平原上兀然耸起一座高山——被红色的采石场切割
宛如卷心菜包裹的节日火腿
除此之外没有什么能让人悦目、哀伤或者沉思

须知这是一座鲜血和岩石之城——跟别的城市一样
一座昨天有人去世有人发疯
有人绝望着通宵咳嗽的城市

你伴随怎样的钟声显现，罗维戈

缩减到一个车站一个逗号一个划掉的字母
没有什么，只是一个车站——到达——出发——

所以我想你　罗维戈　罗维戈

风暴尾声

(1998)

奶　奶

我最圣洁的奶奶
一袭合体的长裙
衣服上的扣子
扣得严紧
多得数不清
像兰花
像群岛
像繁星

我坐在她的膝头
她给我讲述
宇宙
从星期五
到星期日

我听得入迷
从她那里
我知道了所有

只是关于自己的身世
她从未透露
奶奶是巴瓦班家族的玛丽亚①
阅历丰富的玛丽亚

有关大屠杀
她只字不提
亚美尼亚
土耳其人的大屠杀

她想为我
多保存几年错觉

她知道终有一天
我会自己了解
无需咒骂和哭泣
我会了解
那个词
粗糙的表面
和底层

---

① 赫贝特的奶奶玛丽亚是亚美尼亚裔。

圣礼祈祷

主啊,

我要向您致谢,感谢您赐予我这一摊生命,从早已忘怀的时代,我便不可救药地沉没其中,不顾生死地关注于搜寻那些细枝末节。

赞美您呀,是您赐予了我那些不平凡的纽扣、大头针、吊裤带、眼镜、墨水笔迹、准备就绪的纸张、透明的衬衫、耐心的公文包,全都时刻候命。

主啊,我要向您致谢,为您赐予我那些有着粗针头或者细如发丝的细针头的注射器、绷带、各种胶条、谦卑的热敷袋,感谢您赐予的吊针、矿物盐、点滴针头,首先是感激那些安眠药片,它们有着响亮的名称宛如罗马的精灵。

那些药片不错,因为它们祈求,提醒,代替死亡。

圣礼祈祷

主啊,

　　请赋予我写出长句的才能,长句的线条是呼吸的线条,铺展开来像桥梁,像彩虹,像大洋从此岸到彼岸的始终

　　主啊,请赋予我那些能构造长句的人所拥有的力量和灵巧,那些长句有如枝杈伸展的栎树,容量又如庞大的盆地,为的是将各样的世界、所有世界的骨架、来自梦想的世界都容纳其中

　　还要让主句坚定地统治从句,掌控它们复杂而清晰的进程,如同通奏低音,在各部分运动之上平静地延续,以便吸引它们,就像不可见的万有引力法则吸引各种成分

　　因此我为长句祈祷,那些费尽气力黏在一起的长句,它们要如此广阔,以便每一句都能容纳下大教堂的镜中倒影、大型清唱剧和三幅圣像画

　　还有巨型的和小型的动物,火车站,填满哀伤的心,陡峭的悬崖和掌心的命运线

圣礼祈祷

主啊,
　　请帮我们想出果实
　　甜食的纯净画面
　　还有两个层面的相遇
　　黄昏和黎明
　　请您从大海的皱褶里
　　撷取纯净深渊的低音
　　还有一位少女
　　像命运一样瞎眼
　　一位少女——会唱意大利美声

圣礼祈祷

主啊,
　　我知道我的日子屈指可数
　　余生所剩无几
　　只够我搜集足够的沙粒
　　把自己的脸埋进沙里

　　我已经来不及
　　抚慰那些受伤害的人
　　来不及对所有我曾冒犯的人
　　说一声对不起
　　因此我的灵魂倍感忧虑

　　我的生命
　　理应画一个圆
　　像构思巧妙的奏鸣曲一样圆满
　　可如今我清楚地看到
　　在乐曲接近尾声瞬间
　　和弦被劫走
　　色调和语言搭配混乱

吱吱扭扭的不和谐音
混乱的语言

为什么
我的生命
不像水上的涟漪
而是一个在无尽深渊里被惊醒的
而正在生长的开端
形成一圈圈一层层的皱纹
以便在你深奥莫测的膝边
平静地入眠

达琳达*

那些插图附件
是科吉托先生生命中
重要的补充

凭借它们
那些著名演员
公主
和肚皮舞艺人的生活
对他来说
都袒露无遗

只需几个
旋律的节拍
她们就在他面前站成一排
残酷的肖像
被 X 光射穿

---

* 达琳达（1933— ），二十世纪五六十年代在法国红极一时的歌手。原名约兰塔·吉格里奥蒂，出生于埃及开罗，父母是意大利人。

自从贫困的童年
令人眩晕的升迁
死亡已忘到一边

如今被抛弃在
留声机唱片的坟场
比废旧小轿车的坟场
略小一些

凭借它们
他总能准确地猜出
自己生命中的那些重要日期

守卫着他的
有达琳达
哈丽娜·库尼茨卡①
伊蕾娜·桑托尔②
都是优秀的女占卜家

多亏她们
被美化的
暴政

---

① 哈丽娜·库尼茨卡（1938— ），波兰著名女歌唱家。
② 伊蕾娜·桑托尔（1934— ），波兰著名女歌唱家。

变成了
歌声

理应对她们
说声谢谢
记忆中柔情的地方
共同的姓名
留在艰苦生涯的
石板上

我曾许诺

我曾青春年少
理智劝告我
不要轻许诺言

我可以大胆地说
我再想想
不必匆忙
这不是列车时刻表

我会在中学会考后
在服完兵役后
许诺什么时候建造房屋

但是时间爆炸了
已经没有了从前
也没有了以后
在令人目眩的此刻
需要做出选择
所以我许下了诺言

诺言
脖子上的绳套
最终的语言

在那些稀有的瞬间
当一切都变得轻飘
走向透明
我暗想：
"我发誓
我会很愿意
收回许过的诺言"

这想法稍纵即逝
因为——世界的轴心吱吱作响
人们
风景
时间的彩环
都匆匆逝去
而许下的诺言
卡在了喉间

戴安娜

其实这与我何干
关于这两条腿
属于一个真正的公主

其他的一切
都是假设

其实这对我有何帮助
关于这两条腿
曾经构成
不可思议的整体
它们要求
更多的关怀
像纳芙蒂蒂的微笑
像放在格林威治的
时间和空间的
典范

两个预言家·试音

在襁褓小枕头小棉被簇拥的
白色讲台
他们用婴儿的语言
向人类(不是全部)演说
人类的其余部分
听——不听——忘却

就这样开始喷涌
旋花的奶泉
毁灭的龙泉

两个预言家——在试音

确实　确实
你回不到苹果般的笑脸
静静燃烧的白色果园
流动的空间
要留心倾听暴风雨的嘶喊

衣帽间里的搏斗

拉巴洛①，你这灰蓝色匕首的
背叛共和国
长着老鼠头的
城市

---

① 意大利城市，1922年苏德双方在此签订外交和经济合作条约，即开辟长达10年的苏德合作时代的《拉巴洛条约》。

梦的语言

当我像所有人一样
在黎明之前
沉睡的时候
拧上闹钟
在白色的帆船上
沉没
海浪将我
从白色帆船上洗去
我寻找钥匙
杀死
微笑的龙
点亮灯
而首先是
唠叨

我怀疑
所有人都用图画造梦
我给自己讲述
所有这些愚蠢的故事

仿佛我睡在
叙事的
坟堆里

但是梦的语言
就该如此
美丽的语言能走得很远
它无比轻盈
抛弃语法
语音规则
和我所不懂的
侮辱的语言

当我睡在
猫的位置
有时，颤抖
会渗透身体
呻吟出的曲调
能被耳朵听到

这时
梦的语言
关闭
它不臣服于

劳累

纯净的
甜蜜恐怖的语言

康德·最后的日子

这是真的——大自然——他不能证明
你的雅量高致
而如果你并不高贵
你可以完全不存在

真的,你不能赐予他一个突然的死亡
就像吹灭蜡烛
就像假发落到地上
就像指环
沿着光滑桌面的短暂旅行
一边滚动一边旋转
最后停下来
像一个死掉的
金龟子

那么那些残忍的游戏目的何在
和一个老人
丧失记忆
迷迷糊糊的苏醒

对黑夜的忧惧
难道不是他说过
"努力避免噩梦"
他头顶有一座花白的冰山
而在放怀表的地方——一座火山

这是非常糟糕的品位
命令一个
从事幻影训练的人
突然变成
一个幽灵

结　束

从此我不会再出现在
任何合影上（这是我已死亡的自豪证明
发布在世界上所有的文学周刊里）当有人指指点点
说：你们看，看见了吗——那是兹比格涅夫
他们指着一个拖着箱子挤过人群的男人——但那不是我
是另外一个人，甚至不是这一行的人
我不在了，没有了，彻底的虚无
甚至即便我把意志集中于一个焦点
也无法再存在片刻，哪怕是镁光闪耀的一瞬
所以我不在了
结束了
如此以暴君的方式，消失
仿佛我成了革命的敌人
而此前一直安全地站在
首领的阳光下

鲜 花

鲜花，整捧的花朵采自花园
浓艳的花朵，粉色、紫色和灰蓝
从蜜蜂身边夺走，虚掷自己的芬芳
在房间石蜡般的死寂里，在冬天的边缘

这慷慨的馈赠献予何人，这馈赠实在过于慷慨
令人目眩的身体，请扫去这缤纷落英
被白色缝补的天空，房屋那石灰般的寂静
雾霭在田野上涌动，轮船正在起航

纪念一位被杀害的男孩

那么多无眠之夜,那么多尿布
洗衣粉也足以堆积成山
那么多内衣,那么多注射
那么多留在温暖小屁股上的亲吻
那么多巴掌
那么多希望,那么多哭泣的双眼
当这一切突然被鞋跟践踏
像一根没有抽完的香烟
当他们发起进攻
还有
　　还有那么多歌声升起
在空虚的种子被碾碎的地方
　　在虚无的种子之上

最后的进攻·致米柯瓦伊*

首先,请允许我表达快乐的惊叹
我们一起走在各自队伍的前面
军服不同,命令不同,但目标都是
苟延残喘

你跟我说——或许应该把我们的小伙子们解散
让他们回家,回到各自的玛尔戈塔①和卡夏身边
战争只在阅兵时精彩
除此之外,我们都清楚——泥泞、血污
与老鼠为伴

你说这话时,大炮的火焰正排山倒海
那个捣蛋鬼帕金森如此拖延纠缠
直到最终击中我们,当我们以杂乱无章的步伐前进

---

* 指克劳斯·斯坦姆勒(1921—1999),德国的波兰文学翻译家,赫贝特的好友。曾将赫贝特的作品《带马嚼子的静物画》(1993)及《罗维戈》(1992)翻译成德文。晚年患有帕金森病。——原注
① 克劳斯·斯坦姆勒妻子的名字。——原注

颏下的领口解开,双手插在兜里
还在假期的时候,帕金森就突然提醒我们
还没有结束
这场倒霉的战争还没有完

柱　子

我不知道针对谁（对魔鬼）
这暴风骤雨般的
疼痛重炮的攻击，每一厘米空气
每一拃土地都被深挖，翻个底儿朝天
经过前一次攻击，一切都已夷平
那么这一轮疼痛的暴怒，又有何意义
如果这是信号
疼痛是发往参谋部的信号
当所有人都已逃离，沿途把最后的破坏令丢弃
那干吗还要这周期性的发作、寒战、恶心
在低垂阴暗天空下发出的号叫
发自一个被钉在柱子上的人

科吉托先生与小动物（.）

不知是否有人知道他的名字，生物学或个体的名字，生长在最底部，非常低矮，在最低处，肉眼可见的范围之外。这是些如此渺小的东西，介乎存在与不存在之间，微不足道，如印刷品的碎片，正字符号的部分，逗号的一段，铅字盘上掉下来的铅末。

我打开冬季读物，就在《极小型动物》一页，它蜷伏在那，先是一动不动，然后起身上路，像马一样向前跳去，移动速度相当于极小型动物的光速（小动物都眼瞎）。

这一季（也许是我生命中的最后一季）——一切都一如从前。小动物逗我开心，温暖我黑色的心。当我决定把书送给伦敦的朋友们，我把书封好，寄了出去。连同小动物。

在海上漫长的旅行期间，它在做什么？可读的东西很多，而它吃得很少，但它会怎么想我？一个背叛它的老朋友。

科吉托先生·灵魂当前的地位

从某个时候开始
科吉托先生
将灵魂
扛在肩头

这表明
一切就绪

将灵魂
放在肩头
是一个细腻的手术
进行时
不应有丝毫匆忙
不应有战争
撤退
和围城时
那类熟悉的场景

灵魂喜欢换装

变成各种形象
此刻它是石头

它将利爪刺入
科吉托先生的左肩
等待着
或是放开
科吉托先生的身体
在梦中

或者在白天
光线最强烈、意识最清晰的时候
前来告别
像镜子破裂的声音
一样短促

暂时
它坐在肩膀上
准备飞走

科吉托先生·艺术生命绵长[*]
致克日什托夫·卡拉塞克[①]

一

傲慢的宣言
内战
决战
会战
让科吉托先生
无比厌倦

每一代人中
都会出现一些人
他们的执拗,值得更好的事业
他们渴望将诗歌
从日常琐事的魔爪下
解脱出来

早在年轻时候

---

[*] 原文为拉丁文。
① 克日什托夫·卡拉塞克(1937—),波兰诗人、美学家、文学评论家。

他们就加入
至圣微妙
和升天修会

绞尽脑汁和心力
只为表达
之外——
之上的
东西——
甚至未曾预感
多少承诺
诱惑
惊喜
被语言藏在心底
所有人
都用这语言聒噪
无论小混混还是贺拉斯

一

多年以前
科吉托先生曾参加
两个半球诗歌节①

---

① 指两场国际诗歌节，即意大利斯波莱托的"两个世界"艺术节和"斯特鲁加诗歌之夜"。赫贝特曾于1959年和1969年两度参加"两个世界"艺术节，而1972年则参加了"斯特鲁加诗歌之夜"。——原注

举行的地点在——前南斯拉夫
在奥赫里德湖附近
斯特鲁加河畔

沿河两岸
散坐着
超过三万
诗歌崇拜者

巴黎来的抒情诗人
"好词先生"①
差点儿没幸福得疯掉
(在家里只有他妻子
和被勉强的儿孙
听他的诗)
禁欲主义者
自鞭苦修者
纯粹诗歌的
隐士们
沉入饥渴灵魂的
富足之中

---

① 原文为法文。

黄昏
降临之后
连发射击声骤起
突然之间
焰火满天
仿佛
新的巴尔干战争上演

第二天
人们从河里捞出
四个男人
一个女人
一个婴儿
无数的空瓶子
粮仓的门
一根钢琴腿儿
没有主人的假肢
和大约二十米
锁链

三

为之伴奏的
是翁德里希的家庭四重奏
父亲汉斯——会计大提琴
母亲特鲁达——小提琴和铜管乐器记簿员

儿子鲁迪——多面手
翁德里希爷爷的私生女
也就是汉斯的妹妹
鲁迪的女儿
总是激起甜蜜的恐怖——
令人恐惧的
混乱玛丽亚

喜 鹊

从早春
到晚秋
清晨
我卧室的窗外
喜鹊
飞来又飞走

在年鉴里
编年史里
谱系图表中
她被称为喜鹊
出自一个充满血腥和阴谋的
雇佣军家族

请不要欺骗我们
颜色的纯净
天空汁液充盈的叶子
白雪之白纯净无瑕

只有她的歌声
响尾蛇的歌声
揭开她的
真实特性
一个屠婴的女刽子手

应该
对赞美保持谨慎
遵守
谴责
诅咒
从她身上
揭去赞美的云
她用那云遮挡罪行
把轻率的灵魂
插入动摇

那么该做什么
适合做什么

——哈
我知道我该做什么

我聘请
杨·特瓦尔多夫斯基神甫

歌唱故乡家禽的歌手
作为大自然的招魂人
赋予特殊使命

当神甫
突然从小树林
阴影重重的忏悔椅里走出
鸟儿会吓得
心脏病发作
当场毙命

况且神甫也需要
稍事运动
在新鲜的空气中

歌
缅怀兹比格涅夫·"贝尼亚"·库西米亚克①

又是雨夹雪——它在编制什么
在这初冬时节的巨大织机上
农民的大车排成行,装着松木箱
我们把那些牺牲者,运往森林深处

让浓雾做他们的殓布
让刺眼的火星变成冰霜的光芒
让我们的记忆在他们身边永驻
让永恒的迷雾熊熊燃烧

又是雨夹雪——黑暗的风
无边的平原,干枯的飞廉
充盈世界,扩张世界
这风来自群星,来自冰川

---

① 兹比格涅夫·"贝尼亚"·库西米亚克是兹比格涅夫·赫贝特中学时期的朋友,后被杀害。——原注

头脑里有个念头

某个
冬日清晨
科吉托先生头脑里
有了个念头
它停在脑袋中间
不想动
既不向左
也不向右

它个头儿很大
喘着粗气
有着邮递员
和贫困秘密的气息

至少应该
让科吉托先生知道
它为何而来

没有任何

联络
科吉托先生不敢问
"抱歉,您有何贵干"

他反复纠缠
于它的静默不动

持续了很久
让人难以忍受

尴尬的局面
更令人蒙羞
因为在头脑里
待得越久
它越会变形
从入侵者变成
头脑的
——来宾
——转租房客
——共同主人

一次
一次
又一次
毫不让步

非常执着

幸好
科吉托先生
患了肺炎
高烧引发火灾
头脑内部着了火
连同那个
在某个冬日早晨
进入的念头

现在
科吉托先生
小心翼翼
仔细
检查
门
窗
和锁

甚至烟囱的出口
甚至想象的出口

停在头脑里

停在头脑里
在口语中意味着
固定于
一个静止的物体

停在头脑里
可以形象地展示为
一个强壮的农夫
身穿裘皮大氅
出现在过于剧烈运动的
各种物体的中心
像马一样浑身冒热气
他的目光
如橡树般无法穿透
——停在头脑里很容易
只要走神片刻足矣
而要将它带出来则是另外一码事
很不容易
简单地说就是停在头脑里

硕大笨拙的它，把帽子揉在手里
像马厩里的种马喘着粗气
——完全不知道该怎么与他对话
"请您"太过了
"走吧，戈瑞希"又太
私密
所以它如何停下，就如何停在脑海里
粗壮而满不在意
最好来一场中等地震
比如说里氏4.6级
而这里毫无动静
天气像铁丝
他像岩石
总体上一种
糟糕的无序感
停在头脑里
一个大男人

抒情区域

朝向公园和城墙的风景,定格在傍晚的光线里
就像柯洛①笔下——柠檬色的肌肤、舞会后淡粉的双颊
空气用金线编织,此处寂静无声,没有窃窃私语
没有压抑的呐喊、没有紧握的双手汗涔涔,没有狂奔
只有灵魂,痛苦地变成脆弱的蛛网
在空气中延续,就像蒙娜丽莎的笑容
伊特鲁里亚少女的笑容

斯芬克司的笑容

---

① 让-巴蒂斯·卡米耶·柯洛(1796—1875),法国著名的巴比松派画家,也被誉为19世纪最出色的抒情风景画家。

象　棋

在极度紧张中
被热切期盼的
一轮人的比赛
符号很特别：牙齿叼着利刃
对阵机器妖怪
符号很特别：奥林匹克的安宁
以龙的胜利
告终

在安达卢西亚的花园里
成熟的史诗
毫无用处
一个新手
深蓝①
在棋盘上左冲右突
用小丑的花格衫缝制的棋盘

---

① 原文为英文。指 IBM 公司开发的电脑程序"深蓝"，该系统于 1996 年 2 月 10 日战胜了世界象棋大师加里·卡斯帕罗夫。"深蓝"这一名称多次出现于兹比格涅夫·赫贝特晚年的笔记中。——原注

讥讽别人的门外汉
被所有的展开
攻击、防御
弄得应接不暇
最终，欢呼声
响彻对手的
尸体

因此
王者的游戏
权力移交给
机器
应该趁夜
将它从战俘营里
偷走

当思想零落
机器醒来

应重新开始
通往想象之旅

电 话

深夜
早已过了十二点
电话铃响起

通过令人难以置信的
浓雾和铁丝隔离网
托马斯·默顿修士①
钻了过来
我对他满怀感激
电话声音很小
甚至
我那敏感的小猫"舒舒"
连头都没抬
而把头埋在
一件滑雪旧毛衣里

---

① 托马斯·默顿(1915—1968),美国天主教作家和神秘主义者,是一位苦修士,也是一个诗人和社会活动家。

——多么美妙
神甫没有把我忘掉
活着的时候从未谋面
现在却可以
把一切
慢慢聊及

本该问他
在忙什么
而此处脑袋停转
舌头起疱
脑子进水
——而您怎么样——
特拉普派①神甫问

——我眼睛疼
——那一定是结膜炎
我们读书太多
静修太少
甘菊对眼睛最好

我们聊到了甘菊

---

① 1903年创立的一个天主教修道院，起源于法国中部一个天主教熙笃会的教区，是一个隐修教派。

甘菊丛
马鞭草丛
长满颠茄的林间空地

被黑洞缝补的
无垠
正在将我吞噬
凌晨三点的哲学
迷糊的哲学
因此是新世纪①

那些沉重的
哲学
"唾一口"② 吧

下次
我要读一本基础的入门书
关于
遥远的远东哲学

虚弱的我
一个"虚空"的守护者

---

① 原文为英文。
② 原文为俄文。

一生从未成功
创造出
像样的
抽象

托马什

致约瑟夫·日钦斯基大主教[①]阁下

利刃被插入身体
就是这里
插进去
有了纪念品
他用鱼的所有语言喊叫——
——伤口——

面容凝神静气
额头皱纹堆积
清晨蓝灰色的晨光
厌倦而冰冷

大师的手
从上面引领
托马什的食指

[①] 约瑟夫·日钦斯基（1948—2011），波兰神职人员、哲学家。

所以允许怀疑

同意提问

莱昂纳多满是皱纹的额头①

有它的价值

不耐烦的双手

被唤来帮忙

---

① 指莱昂纳多·达·芬奇著名的自画像。——原注

在城里

在我那无法回去的边城
有一块生着双翼的石头,巨大而轻盈
生着双翼的石头,被雷电反复击中
我闭上双眼,为了将它看清

在我那无法回去的遥远边城
湖水沉重却滋养万物
若是谁给你献上一杯
必是相信你终将重回此城

在我那世上任何地图都未标识的边城
有一种面包足以享用一生
那面包乌黑,仿佛是一种信仰
相信你们将重见石头、面包、湖水
还有无数尖塔,矗立于黎明

高 堡
带着坚不可摧的友谊献给莱舍克·埃莱克托洛维奇[1]

一

以一次
高堡之旅
作为奖励

到达它脚下之前
先是一段
有轨电车行程

盛大的音乐会
献给
浇注的
锻造的
受崇敬的废铁

---

[1] 莱舍克·埃莱克托洛维奇（1924— ），波兰诗人、散文家、翻译家。

铁轨的中提琴
两根，铺在
浓密的困惑之草

在每个拐角
有轨电车在
狂喜中燃烧

屋顶
一颗彗星
拖着紫色的尾巴

狂热的噪音
来自红色的铁皮
嘶哑的铁皮
胜利的铁皮

映在玻璃上
归于沉寂
利沃夫
宁静的
苍白的
泪水的烛台

二

高堡

羞涩地藏起双脚
藏到
榛树
颠茄
荨麻组成的绿毯下

老鸹们的小树林

带锚的
臂膀
抱住雪白的
汗水湿透的衬衫

三

我们抄近路
小路很陡
像溪流

约瑟夫和泰奥赛费尔①就在这里
被吊死
热爱自由

---

① 指约瑟夫·卡普希钦斯基（1818—1847）和泰奥费尔·维系尼奥夫斯基（1806—1847）。二人系1846年加利西亚地区反抗组织的领导人，被奥地利当局判处死刑，吊死在利沃夫黑茨罗夫斯卡山上。——原注

——孩子们的叫喊，母亲们的呼唤
小贩们的尖叫
是否会让你们烦恼

——让每个人
做自己的事

——不久
我们
将被带走
乘着黑夜之翼
杏之翼
苹果之翼
边缘微微泛着蓝灰色的
双翼

被带往一个
更高的
城堡

阿拉有只猫*·为文盲辩护

自从了解到
阿拉有只猫
科吉托先生就得出一些结论
有些太离谱

获得的能力
是否就能赋予人判决的权力
能授权建立品位高雅的学校
能有权评价
人类的重建计划
按照可笑的
奥古斯特·孔德①的范式

放弃
廉价获取的知识

---

* 这是波兰启蒙读物中经常使用的第一句话，类似中国的"人之初，性本善"。

① 奥古斯特·孔德（1798—1857），19世纪法国著名哲学家，是实证主义和社会学的创始人。

止步于
年老山民们
缺乏
真正进步的
智慧
岂非
更好

这将意味着
失业率高升
未被雇用的嘴巴
数量会不少

还意味着
一个显而易见的知识
即所有哲学
都毫无用处
甚至有害

阿尔图尔[*]

……我将就此绝唱,费莱克·斯坦凯维奇之歌[①]
还有关于红罂粟的军团战歌[②],
所以阿尔图尔,你走了,这个可怕的冬季
无论是战斗,还是罂粟,都没有留下踪迹

所以你走了,阿尔图尔,与他人同行
以军人的步伐,挺起胸膛
只是还有回声荡漾,难以欢喜起来的回声
迷失在琴弦上,就像迷失的天使

而现在——想起来可笑——你在天使合唱团里歌唱
被伟大的、难以理解的光芒隐藏
每当我打开窗,泡上茶,你就开口歌唱

是的,尤利娅
阿尔图尔

---

[*] 阿尔图尔·米耶兹热茨基(1922—1996),波兰诗人、散文家、翻译家,主要从事法国和美国诗歌的翻译,兹比格涅夫·赫贝特的好友。——原注
[①] 华沙民谣。歌的第一句是"费莱克·斯坦凯维奇是个坚强的小伙儿"。——原注
[②] 阿尔图尔·米耶兹热茨基在第二次世界大战中曾是一名东线波军战士,经历了波兰第二军团的所有战斗,曾参加在意大利爆发的"卡西诺山战役"。——原注

我还能为您做什么

有很多
打开窗户
整理枕头
倒掉凉茶

——就这些

——就这些

很多
也很少

因为需要
认真地做
带着思考
向整个春天敞开窗
按照枕头的形状修整头

想想就害怕

阅读艺术能做什么
从链子上解放的
书写艺术
不满足于确认
一切源于水
或是源于火

不满足于用印刷
用削尖的笔头
在文字中间雕琢

就这样，仍在诞生
慈悲吧，上帝
全新的
条约
诏书
罢免令
纸堆

时　间

　　我活在不同时代，就像琥珀里的昆虫，一动不动，所以没有时间，我的肢体一动不动，也不会把阴影投在墙上，我窝在洞中，就像在琥珀里一动不动，所以并不存在；

　　我活在不同时代，一动不动，配备了所有运动方式，我生活在空间里，且属于它，构成空间的一切把它那骇人的、稍纵即逝的形式借给了我；

　　我活在不同时代，我不存在，痛苦地一动不动，痛苦地浑身挣扎，而我真的不知道，什么被赋予，什么被永远剥夺。

科吉托先生·书法课

一生只有一次
科吉托先生达到了
大师的高度

那是一年级
在利沃夫
圣安东尼小学
七十年前

书法比赛
科吉托先生打破纪录

字母 b
他写得最美

获得了彼得拉克功勋桂冠
因为字母
b

一份杰作
遗憾的是
被历史风云吞没

它永远
破坏了
雄伟的高塔
文艺复兴的小腹
b

严肃的比赛
在波兰语老师的注视下
进行
(护照上的姓氏是 Bombowa①)

呵护科吉托先生的
智慧的阿姨

历史风云
彻底吞噬了
雄伟的高塔
和文艺复兴式的小腹

---

① 波兰语单词，意为"炸弹的"。赫贝特的波兰语教师似乎从夫姓叫 Bąbowa，与 Bombowa 一词发音相似。

b

而同样
因为长期忽视
Bombowa 女士

她躲进了神话里
并且自此活着
统治着
科吉托先生
和他那失去父母的
字母 b

肚　脐

这是人体城市最让人感动之地
整整九个月观望世界的盲目望远镜
直到最后一刻消防队到来
突然剪断
成为另外一个注定享受爱的个体
爱的延续、友谊和服务于康拉德，面包做的小十字架
元帅关于印章、城市－国家的话语，一切都在旋转
历史的车轮碾压
剩下他一个忠诚的人
蜷缩在肚脐，身体的绣花
肚脐，辫子的终点

时　刻

噢，去往天穹内部的时刻，一切都已关闭
形状、声音和颜色微微卷起
只有一片玫瑰花瓣，边缘已露锈色

甜蜜的慵懒，不要在黄昏时刻问起
波瑞阿斯①在雕刻云朵，而卷云雕刻剩余
黑色和白色的诺尔维德②，以及良心的谴责

---

① 希腊神话中的北风之神。
② 西普里安·诺尔维德（1821—1883），波兰19世纪中叶重要的浪漫主义诗人。

衰　老

这一切我早知道
各种线索较好地、合逻辑地结合在一起
就是说比较好
同一只猫"舒舒"在腿间取暖
同一个梦——抓捕老鼠，征服高塔
我不需要任何纪念品
在闭眼之前
现实慢慢地在静脉中流转
我知道，是他背叛了
我不需要话题的展开
因为一切周而复始

如此更好
我不再好奇

一团糟

献给耶日·希维耶茨①

出发之前
一团混乱

纸张物品
四处飞散

仿佛预感到
随着科吉托先生的飞离
它们将失去
引力的法则

未付的账单
未还的欠款
许下的诺言
未就的诗篇
没有未来的协议

---

① 医生,兹比格涅夫·赫贝特的朋友。

没有色彩的相恋
没有喝完的啤酒
一切都在飞舞
在科吉托先生的脑子里
混乱持续生长

如果不能
控制这自然力
将会如何
毕竟不能
无限拖延
将假日旅行
拖成永远

所以有一天
某个夜晚
当一切结束
科吉托先生
舒服地靠着
快车的
靠垫
给冰冷的膝盖
盖上
毛毯
然后得出结论

一切都会
不断向前
就像在假期之前

比起科吉托先生活着的时候
必定会更糟
但一直会向前

科吉托先生的冥界

科吉托先生认为
不要一切
都遵从这个世界的角度

此世界
就是彼世界
相对论的那些小把戏
在此地的
也在彼地
在那个世界的
也在这里

所以不是一切
都井然有序

科吉托先生
难道
没有耐心解释
不应

与罪犯
签订协议

也不要期待
好的本意
会一直激发
有益的结局

无论是一千个其他的
总体指令
还是它们的具体应用

所以他继续
向世界的统治者们
提出自己的好建议

像往常一样
始终
没有结局

世纪末的肖像画

被毒品摧毁殆尽,被废气围巾窒息
被烧成一颗燃烧的星,三个夜晚的超新星烈焰熊熊
混乱之夜、欲望之夜、折磨之夜
走上蹦床,重新开始

我们时代的小矮人呀、那些被烧毁的夜晚的小星星
长着山羊脚,恶意模仿造物主的艺术家呀
关于梦游患者之王的毫无品位的启示录
请藏起你那令人憎恶的面孔

趁还有时间,请唤来涤荡之水的羔羊①
让真正的明星,莫扎特的《安魂曲》登临
请唤来真正的明星,枝叶茂盛之地
让主显节②实现,新的一页翻开

---

① 《圣经》中施洗者约翰称耶稣基督为天主的羔羊。
② 基督教节日,又称"显现节"。

柔 情

柔情,我最终该如何安置你
对石头、小鸟和众生的柔情
你应该睡在掌心、睡在眼底
那是你的领地,不要让任何人将你唤醒

你破坏一切、颠倒一切
把悲剧浓缩为一段厨房恋情
思想的翱翔
被你变成呻吟、感叹和啜泣

描写这一切无异于杀戮
要知道你的角色是坐在黑暗、空阔、寒冷的房间里
默然独坐,当理智平静地聊天
在大理石的眼睛里,雾和水滴沿着面颊滚落

头　颅

忒修斯穿过血迹斑斑的树叶,立柱的大海
迈入更新的时间
紧握的拳头举起自己的战利品
米诺陶洛斯剥去头皮的头颅

胜利的苦涩,猫头鹰的啼鸣
用铜尺丈量黎明
为他至生命的尽头,仍能在脖颈上感受
甜蜜的失败、温暖的呼吸

织　物

细线的密林、纤细的手指、永恒的织机
期待的黑暗水流
所以脆弱的记忆，请在我身边
献出你的无垠

良心的微光、单调的敲击
丈量年华、岛屿、世纪
为将独木舟和主题、经线和裹尸布
最终渡到不远的彼岸

"蓝色东欧"译丛（部分书目）

第 一 辑

- **《石头城纪事》**（小说）
  【阿尔巴尼亚】伊斯梅尔·卡达莱 著　李玉民 译

- **《错宴》**（小说）
  【阿尔巴尼亚】伊斯梅尔·卡达莱 著　余中先 译

- **《谁带回了杜伦迪娜》**（小说）
  【阿尔巴尼亚】伊斯梅尔·卡达莱 著　邹琰 译

- **《石头世界》**（小说）
  【波兰】塔杜施·博罗夫斯基 著　杨德友 译

- **《权力之图的绘制者》**（小说）
  【罗马尼亚】加布里埃尔·基富 著　林亭、周关超 译

- **《罗马尼亚当代抒情诗选》**（诗歌）
  【罗马尼亚】卢齐安·布拉加等 著　高兴 译

第二辑

- 《我的疯狂世纪（第一部）》（传记）
  【捷克】伊凡·克里玛 著　刘宏 译

- 《我的疯狂世纪（第二部）》（传记）
  【捷克】伊凡·克里玛 著　袁观 译

- 《我的金饭碗》（小说）
  【捷克】伊凡·克里玛 著　刘星灿 译

- 《一日情人》（小说）
  【捷克】伊凡·克里玛 著　高兴、杜常婧 译

- 《终极亲密》（小说）
  【捷克】伊凡·克里玛 著　徐伟珠 译

- 《等待黑暗，等待光明》（小说）
  【捷克】伊凡·克里玛 著　杜常婧 译

- 《没有圣人，没有天使》（小说）
  【捷克】伊凡·克里玛 著　朱力安 译

- 《花园里的野蛮人》（散文）
  【波兰】兹比格涅夫·赫贝特 著　张振辉 译

- 《带马嚼子的静物画》（散文）
  【波兰】兹比格涅夫·赫贝特 著　易丽君 译

- 《海上迷宫》（散文）
  【波兰】兹比格涅夫·赫贝特 著　赵刚 译

- 《父辈书》（小说）
  【匈牙利】瓦莫什·米克罗什 著　许健 译

第 三 辑

- 《乌尔罗地》（散文）
  【波兰】切斯瓦夫·米沃什 著　韩新忠、闫文驰 译

- 《路边狗》（散文）
  【波兰】切斯瓦夫·米沃什 著　赵玮婷 译

- 《第二空间——米沃什诗选》（诗歌）
  【波兰】切斯瓦夫·米沃什 著　周伟驰 译

- 《无止境——扎加耶夫斯基诗选》（诗歌）
  【波兰】亚当·扎加耶夫斯基 著　李以亮 译

- 《捍卫热情》（散文）
  【波兰】亚当·扎加耶夫斯基 著　李以亮 译

- 《索拉里斯星》（小说）
  【波兰】斯塔尼斯瓦夫·莱姆 著　赵刚 译

- 《遗忘的梦境——查特·盖佐短篇小说精选》（小说）
  【匈牙利】查特·盖佐 著　舒荪乐 译

- 《流星——卡雷尔·恰佩克哲理小说三部曲》（小说）
  【捷克】卡雷尔·恰佩克 著　舒荪乐、蒋文惠、程淑娟 译

- 《神殿的基石——布拉加箴言录》（箴言）
  【罗马尼亚】卢齐安·布拉加 著　陆象淦 译

- 《十亿个流浪汉，或者虚无——托马斯·萨拉蒙诗选》（诗歌）
  【斯洛文尼亚】托马斯·萨拉蒙 著　高兴 译

第四辑

- **《耻辱龛》**（小说）
  【阿尔巴尼亚】伊斯梅尔·卡达莱 著　吴天楚 译

- **《三孔桥》**（小说）
  【阿尔巴尼亚】伊斯梅尔·卡达莱 著　施雪莹 译

- **《接班人》**（小说）
  【阿尔巴尼亚】伊斯梅尔·卡达莱 著　李玉民 译

- **《绝对恐惧：致杜卞卡》**（小说）
  【捷克】博胡米尔·赫拉巴尔 著　李晖 译

- **《严密监视的列车》**（小说）
  【捷克】博胡米尔·赫拉巴尔 著　徐伟珠 译

- **《雪绒花的庆典》**（小说）
  【捷克】博胡米尔·赫拉巴尔 著　徐伟珠 译

- **《温柔的野蛮人》**（小说）
  【捷克】博胡米尔·赫拉巴尔 著　彭小航 译

- **《无常的夏天》**（小说）
  【捷克】弗拉迪斯拉夫·万楚拉 著　张陟 译

- **《赫贝特诗集（上、下）》**（诗歌）
  【波兰】兹比格涅夫·赫贝特 著　赵刚 译

- **《垃圾日》**（小说）
  【匈牙利】马利亚什·贝拉 著　余泽民 译

第 五 辑

- 《壁画》（小说）
  【匈牙利】萨博·玛格达 著　舒荪乐 译

- 《鹿》（小说）
  【匈牙利】萨博·玛格达 著　余泽民 译

- 《两座城市：论流亡、历史和想象力》（散文）
  【波兰】亚当·扎加耶夫斯基 著　李以亮 译

- 《另一种美》（散文）
  【波兰】亚当·扎加耶夫斯基 著　李以亮 译

- 《思想的黄昏》（随笔）
  【罗马尼亚】埃米尔·齐奥朗 著　陆象淦 译

- 《着魔的指南》（随笔）
  【罗马尼亚】埃米尔·齐奥朗 著　陆象淦 译

- 《乌村幻影》（小说）
  【罗马尼亚】欧金·乌力卡罗 著　陆象淦 译

- 《裸浴场上的交响音乐会——罗马尼亚20世纪小说精选》（小说）
  【罗马尼亚】诺曼·马内阿等 著　高兴等 译

- 《颠倒的天堂——立陶宛新生代诗选》（诗歌）
  【立陶宛】阿纳斯·阿里舒斯卡斯等 著　远洋 译

- 《魔鬼作坊》（小说）
  【捷克】雅辛·托波尔 著　李晖 译

第六辑

- **《简短，但完整的故事》**（小说）
  【波兰】斯瓦沃米尔·姆罗热克 著　　茅银辉、方晨 译

- **《三个较长的故事》**（小说）
  【波兰】斯瓦沃米尔·姆罗热克 著　　茅银辉、林歆、张慧玲 译

- **《挑衅以及其他故事》**（小说）
  【阿尔巴尼亚】伊斯梅尔·卡达莱 著　　李焰明 译

- **《娃娃》**（小说）
  【阿尔巴尼亚】伊斯梅尔·卡达莱 著　　张雯琴、宋学智 译

- **《天堂超市》**（小说）
  【匈牙利】马利亚什·贝拉 著　　余泽民 译

- **《墓地情事》**（小说）
  【匈牙利】马利亚什·贝拉 著　　余泽民 译

- **《蓝色阁楼寻梦》**（小说）
  【罗马尼亚】阿德里亚娜·毕特尔 著　　陆象淦 译

- **《两天的世界》**（小说）
  【罗马尼亚】乔治·伯勒伊泽 著　　董希骁、Mara Arion 译

- **《生活边缘的女孩》**（小说）
  【罗马尼亚】米尔恰·格尔特雷斯库 著
  张志鹏、林慧芬、陈进、李昕、高兴 译

- **《希特勒金钱》**（小说）
  【捷克】拉德卡·德内玛尔科娃 著　　姜蔚茜 译

• 部分书名为暂定，以出版时为准 •